好きになってしまいました。

三浦しをん

Shion Miura

大和書房

はじめに

本書に収めたのは、二〇一二年から二〇二二年のあいだに、いろいろな雑誌・新聞で書いた連載だったり単発だったりのエッセイだ。

掲載紙誌のご希望に応じて、真面目寄りにもはっちゃけ寄りにも、自在に書きわけるのがプロの技。のはずなのだが、「真面目寄りでお願いします」と言われていた原稿すら、読み返してみるとはっちゃけ寄りになってしまっている。地金《じがね》が出るとは、こういうことなのかのう。とにかく、ご依頼時のテーマもさまざまなので、「はっちゃけのごった煮（ごくたまに真面目もあるよ）」という感じで、お気軽にお読みいただければ幸いです。

以下、見取り図的に各章のご案内をば……。

一章は、「日常のなかの美」をテーマに、二〇二一年と二〇二二年に連載したエッセイだ。化粧品会社ハーバー研究所の会報誌に掲載されるので、真面目に美について考えようと思うも、案の定私には無理で、なぜか虫の話ばかりしている。ハーバーさんも人選を誤ったと思っておられるのではないかと推測するが、ありがたいことに本書の出版時点（二〇二三年二月）では連載継続中だ。今後はなんとか美の話に持っていきたいところだが、春になるとまた虫が来るから……（本編参照してください）。

二章と四章は、ＶＩＳＡの会報誌に連載していたエッセイを中心に、主に旅について書いたものを集めた。掲載時期は二〇一二年から二〇二一年と、けっこう幅がある。

二〇二〇年からはじまったコロナ禍の影響で、なかなか旅にも出られない世の中になってしまった。その直前までに行った旅の記録なのだが、旅に出てないこともちょくちょくある。ＶＩＳＡさんからのご依頼は、「旅」をテーマにということだったのに！　我ながら奔放だ。「旅に出ているからには、コロナ禍まえに書いたエッセイなのだな」と見分けがつくかと思ったのだが、生来の出不精がたたり、これじゃコロナ禍なのやらなんなのやらなので、こうして見取り図を書くことにした。コロナ禍まえの旅の記録である（が、旅に出てないこともある。ややこしいわい）。

三章は、主に本の紹介や読書について書いたものを集めた。掲載時期は二〇一三年ごろが多い。もう十年近くまえなのか……。でも、ご紹介した作品は、いずれも古びることのない内容なので、よろしければお手に取ってみてください。

二〇一六年ぐらいからだろうか、私もついに電子書籍での読書をはじめた。これ以上、紙の本が増えたら、寝袋に収まってベランダで寝るしかなくなると思ったからだ。巻数の多い漫画は特に、電子で買うことにしたのだが、スマホなどの画面で読むのに不慣れなためか、どうも話が頭に入ってきづらい。文章だけの本だとなおさらで、こちらはあいかわらず紙で買っている。

ただ電子書籍は、「過去に購入したみたいだけど？」と教えてくれるので、ダブって買うことを防げて便利だ。と思っていたのだが、複数の電子書籍サイトを使っているため、複数のアプリに同じ漫画が格納（？）されているのを発見することがしばしばある。我が脳内を検索して、「過去に購入したみたいだけど？」と教えてくれる機能が開発されないかぎり、ダブり買いからは逃れられぬ運命。俺様の記憶力のなさと整理整頓能力のなさのまえでは、さしもの電子書籍といえど完全にお手上げするほかないようだな、と悦に入っているが、悦に入ってる場合じゃないよ。なんで複数の電子書籍サイトを使っちゃうんだよ。

いやあ、それぞれにページをめくるときの感じのちがいがあったり、ごくまれに「このサイトでしか電子化されてない」って本があったりするから、ついいろいろ試してみてしまって、収拾がつかなくなったのだ。電子の世界でも寝袋に収まってベランダで寝るしかない。

五章は、ＫＩＴＴＥ丸の内で配布される冊子に連載したエッセイを中心に、日常のあれこれを書いたものを集めた。まあ、それを言ったら本書全体が、日常の微細なあれこれのみでできた一冊なのだが。掲載時期は、二〇二一年ごろが多い。ＫＩＴＴＥ丸の内さんは商業施設なので、「夏休み」「クリスマス」など、季節に合わせたテーマがあった。テーマについて考えているうちに、自然と子どものころを思い起こすことが多く、どうしてかなあと不思議だったのだが、「夏休み」「クリスマス」といったイベントごとと、大人になってからはとんとご無沙汰だからだという結論に至った。あらまあ、残念。

巻末に「初出紙誌一覧」がありますので、詳しくはそちらをご参照ください。

初出紙誌一覧を見ていて気づいたのだが、二〇一七年に書いたエッセイがない。いったいなにをしていたのか……。映画『ＨｉＧＨ＆ＬＯＷ』シリーズに言語野をやられていたこと以外は、記憶にございません（政治家的答弁）。そうか、映画のきらめきに「あわあわあわ」となって、仕事が手につかなかったんだな。いまもシリーズの新作が公開されるたび、「あわあわあわあわ」となってるけども。いついかなるときも、わりと仕事が手につかながち（文法が変）。

と言いつつ、エッセイを書くこと自体は好きだ。こうして一冊にまとめる機会に読み返すと、「そうだ、こんなことあったなあ」と楽しかった思い出がよみがえる。エッセイは私にとって、外づけハードディスクみたいなものなのかもしれない。脳の記憶容量におおいに不安がある身なので、せっせとエッセイに記録しておくのだ。

もしみなさまに、「私も似たようなことを経験したぞ」とか「こんなアホな真似はしたことない」とか、ご自身の記憶と照らしあわせつつ本書をお楽しみいただけるとしたら、うれしいです。

『好きになってしまいました。』目次

2章 あなたと旅をするならば

3章 活字沼でひとやすみ

4章 悩めるときも旅するときも

5章 ささやかすぎる幸福と不幸

好きになってしまいました。

1章

美と愛はあちこちに宿る

名前のない友

植物を育てるのがわりと好きだ。ベランダや居間の窓辺に鉢植えを並べ、水をやったり傷《いた》んだ葉を摘《つ》んだりと手入れをする。これがけっこう心身にいい影響を与えてくれる。日射しを浴びると気分がすっきりするし、動きが少ないように見える植物も、実は日々変化するものなんだなあと発見があって楽しい。

だが問題は、家にある植物の名前がほとんどわからない、ということだ。把握しているのはパキラとミニバラぐらいで、あとはなんなのか不明である。鉢に刺さっている説明書きの札を、すぐに捨ててしまうからだ。札には当該の植物の名とともに、育てかたも書いてあったはずだが、そんなもんは無視だ。

テキトーに水をやり、冬でもベランダに出しっぱなしにしていると、植物のほうも、「これはやばい人間に購入されてしまった」と命の危険を察知するようだ。自力でなんとかせねばと思うらしく、おかげさまで、花屋さんの店頭で特売になっていた数百円の鉢植えも順調に巨大化するのだが、名前がわからないのは少々不便だ。「あのー、そこの右から二番目のあなた。もうちょっと肥料いる？」などと呼びかけるほかない。次こそは説明書きの札を取っておくぞと決意するのだが、手入れの際に邪魔なので、やっぱりすぐに引っこ抜いて捨ててしまう。

　そういうわけで、拙宅のベランダおよび窓辺には、名称不明の植物が並ぶことになる。「私たちがバラと呼ぶ花は、たとえべつの名で呼んでも同じように甘く香るわ」ですな。べつの名ですら呼べないぐらい正体がわからなくて、「あのー、あなた」なんですが。

　どうして私は植物が好きなのかなと考えると、一本の木にたどりつく。子どものころ、庭にあった木だ。植えたのではなく勝手に生《は》えたらしいのだが、一年じゅう青々とした葉を繁らせ、平屋の屋根を少し超すぐらいの高さがあった。幹は白っぽくざらざらしていて、枝ぶりが木登りに最適。もちろん私はその木に登って枝に腰かけたり、枝づたいに屋根に上がって寝転んだりしていた。友だちみたいに大好きな木だった。

　大人になって、二十年ぶりぐらいに以前住んでいた家のまえを通りかかったら、なんとその木は健在だった。家屋は二階建ての新しいものに変わっていたが、木は二階の屋根に届くほど大きくなって、けれど枝ぶりはたしかに、見覚えのあるものだった。すごくうれしくて、再会に胸が熱くなった。しかし、樹高のわりに幹や枝はそこまで太くはなく、「いま私が木登りしたら、折れるかもな」と思った。私も二十年のあいだに、（主に横に）成長したことを痛感させられる出来事でもあった。

　そして問題は、友だちみたいに思っていたその木の名前も、やはりわからないということだ。記憶に残る葉っぱの形や幹の質感、街で見かけた似た木などを参考に、これまで何度も植物図鑑を調べてきた。だが、確証を得られない。たぶん、クロモジ、シロダモ、ヤブニッケイあたりの、どれかだと思うのだけれど……。

あなたはいったいだれなんですか？　植物に尋ねても答えは返らない。ただ黙々と枝葉をのばすばかりだ。そんな孤高さも、植物を好きな理由だ。どれだけ世話を焼き、思い入れても、どうも一方通行感がある。けれどそもそも、植物の名前なんて人間が勝手につけたもので、植物本人にとっては、まったくどうでもいいことだ。

では、あらゆるものに名前をつけたがる、名前を必要とする、人間ってなんなんだろう。どうして我々人間は、思いが一方通行だとなんだかしょんぼりし、「理解しあえた」と感じる瞬間に喜びを覚えるのだろう。植物と接するたび、いろいろ考えずにはいられない。

それもこれも、植物が人間とは異なる部分の多い存在だからで、まあ一言で言えば「多様性」ということになるのだろうけれど、「自分とは異なる存在」は、世界をなんて新鮮に、刺激的に、うつくしいものにしてくれるのかしらと、いつも植物を通して教えられる思いがする。

衝撃の励まし

徹夜明けの午前七時、ドテラを着てゴミを出していたら（むろんすっぴん）、同じくゴミ出しに現れた近所のおばあさんが、とたたたっと走り寄ってきた。

「おはようございます」

と私が挨拶を発しきるよりも早く、

「朗報があるの！」

とおばあさんはにこにこ言った。「このあいだ、親戚の女の子が四十歳で結婚したのよ。だから……、諦めないで！」

突然すぎる朗報にたじろぐ。私は四十四歳なんですが（当時）、まあそれは誤差の範囲として、諦めるとか諦めないとかの問題以前に、そもそも結婚したいと思っておらず、一人でもわりと楽しく幸せに暮らしているのだけれど、しかしおばあさんは力強く励ましてくれてるし、私が出勤してるふうでもなく、しょっちゅう近所をぷらぷらしているため、「あのひと、大丈夫なのかしら……」と不審、もとい、心配させてしまっていたんだなともうかがわれ、えーい、ここはもう細かい説明は不要かつめんどくさいぞ、と〇・三秒のあいだに脳内で結論づけた私

は、

「諦めません、勝つまでは！」

と戦時中の標語みたいなことをさわやかに宣言してしまったのだった。

「その調子、がんばってね！」

おばあさんはうむうむとうなずき、ゴミを出して去っていった。

朝からドッと疲れた。だがまあ、善意で朗報をもたらしてくれたおばあさんに、「いや、べつに結婚に興味ないんで」などと水を差すのも申し訳ないし、すっぴんでも「結婚予備軍」と見なされたということは、もしかしてスキンケアが効いてるということなのでは⁉　って気もする。よし！（ポジティブシンキング）

つい世間（ていうか、おばあさん）に迎合して本音を告げられなかったため、「私のフヌケめー！　だけどご近所づきあい的には、これでOKだったんだよきっと。あとやっぱりスキンケア大事！」と千々に乱れる我が心。衝撃で眠気が吹っ飛んだので、そのまま勢いに乗って洗濯に取りかかった。

最近ようやく、私は洗濯に楽しさを見いだせるようになった。以前は、「また着るのに、洗濯物をいちいち畳む意味とは……」とか、「洗剤に砂鉄を混ぜ、洗濯物を干す輪っかについた洗濯ばさみを磁石製にすれば、干す手間が大幅に削減されるのでは？（砂鉄まみれの洗濯物が、磁石の洗濯ばさみにビュッと自動的にくっつき、吊《つ》るされる仕組み）」とか、そんなことばかり考えていた。だが、あるときふと思ったのだ。「洗濯物の色を活用すれば、洗濯を楽しめるのではないか？」と。

家事上級者のかたはとっくに実行されていると思うが、その日から私は、洗濯物の色がグラデーションになるように干しはじめた。Ｔシャツは黄色、オレンジ、赤、灰色、紺、黒の順に吊るす、といった具合に。タンスにしまう際も、パッキングの要領できちんと畳んで丸めて色別に収納。ワンピースなどの大物も、色順にハンガーにかけて並べる。

これがめちゃくちゃ楽しい。グラデーションになった洗濯物がベランダでひるがえるさまは、満艦飾《まんかんしょく》って感じできれいだし、色で分類して収納しておくと、着るときに組みあわせをパッと決められて便利だ。ちなみに、一人暮らしなのに、なんで一回の洗濯物がグラデーションを云々《うんぬん》するほど大量にあるのかというと、むろん、洗濯をサボって溜めこんでいるからだ。私は一週間に一度程度しか洗濯しない。洗濯物でグラデーションづくりを楽しむには、このぐらいがちょうどいいのだ（洗濯に楽しみを見いだしはしたが、結局洗濯する頻度は上がらなかったという罠《わな》）。

さて、洗濯物を干す仕上げは、シーツ類だ。これはベランダの手すりにかける。忘れちゃいけないのはバスタオルで、私は矢《や》沢《ざわ》永吉《えいきち》のロゴがドカーンと入ったバスタオルを複数枚所持している。矢沢氏のコンサートのツアーグッズで、適度な厚みとふかふか感があり、吸水性が抜群で乾くのも速いという、バスタオルとして相当優秀な逸品。歌がうまくてかっこいいうえに、バスタオルまですごいって、どうなってるんだ。もう、永ちゃんを手放せねえ……！

　というわけで愛用しているのだが、永ちゃんバスタオルは防犯グッズとしても役に立つ。矢沢永吉のバスタオルがベランダにひるがえっている家が、女の一人暮らしだとはあまり思われまい（たぶん。永ちゃんファンの女性、実際は多いですが、イメージとして）。永ちゃんバスタオルを手すりの一番目立つ場所にかけ、洗濯物干しは完了だ。

　はー、今日もベランダを洗濯物でうつくしく装飾できた。余は満足じゃ。無心に洗濯物の色を判断し、粛々と吊るしていたら、「やっぱりおばあさんは善意で励ましてくれたんだし、あの返答でよかったんだ」とすがすがしい気持ちを取り戻すことができた。朝の光のなか、就寝する。起きるころには、洗濯物もちょうど乾いているだろう。

　それによく考えれば、「諦めないで！」って名言だよな、と布団のなかでぐふぐふ笑う。たとえスポーツであっても、諦めなきゃなんとかなるというものでもないと思うのだが、おばあさんの前向きな世界のとらえかた、（結婚はまあ置いておくとして）見習いたい。

きらめきの記憶

数年まえ、某高級ブランドショップへ行ったときのことだ。むろん、私は高級ブランドとほぼ無縁の暮らしなのだが、ちょうど個人的にめでたいことがあって、「そうだ、以前から欲しかった指輪を記念に買おう。いわゆる『自分へのご褒美《ほうび》』というものだな、うむうむ」と思い立ち、はじめてそのブランドに足を踏み入れたのである。

慣れぬ店なので年甲斐もなくドキドキしたが、店員さんはとても親切で、指輪をいろいろ試させてくれて、サイズや色味などが指に合っているか慎重に見極めてくださった。「こちらのほうが、お客さまの肌のお色に馴染《なじ》むと思います」といったように、プロとしての意見をはっきり述べるし、当然ながら高いほうを勧めるといったこともまったくない。「なるほど、非常に職業意識が高く、自社の商品を長く大切に使ってもらいたい、そのためにも本当に気に入ってもらえる商品をおすすめしたい、と思っておられるんだな」とうかがわれ、おかげさまで緊張も解けて、店員さんとあれこれ相談しながら、「やっぱりこのサイズと色だ」と納得のいく指輪を購入することができた。

店員さんが指輪を包装してくれているあいだ、私は店内に置かれたカタログを眺めた。うっとりするようなジュエリーの数々。なかでも、ものすごく細工が細かい18金のネックレスに目が行った。なんてきれいなんだろう。

　包装した指輪を持って戻ってきた店員さんに、

「このネックレス、とてもきれいですねえ」

　とカタログを指して言ったら、

「いま、現物がございますよ。つけてみますか」

　とおっしゃる。

「ひええ、無理ですよ！　だって、かなりいい車が買えるようなお値段じゃないですか。私には到底手が届きません」

「そんなことはお気になさらず。私もこのネックレスはすごくいいなと思ってるんですが、お値段がお値段なだけに、なかなかご覧になりたいとおっしゃるお客さまもおらず、ずっと奥の棚で眠ってるんです。たまにはどなたかにつけていただいたほうが、ネックレスもやる気が出ると思いますし」

　ネックレス擬人化。たまの機会が私でいいのかと思うが、やはり実物を見てみたくて、お言葉に甘える。

　そうして運ばれてきたネックレスは……、時間を忘れて見入ってしまうほどうつくしかった。繊細なチェーンの揺れと輝きといい、つけたときのフォルムと質感のなめらかさといい、首にまったく負担をかけない軽やかさといい、素晴らしい。「職人さんが丁寧に作ったんだろうなあ。このお値段も納得の逸品だ」と感嘆する。

しかし問題は、そのときの私がスカジャンの下に、数百円の保温肌着を着ていたことだ。まさかネックレスを試着する流れになるとは想定しておらず、油断した。

「よもや保温肌着のうえにつけられるとは、とネックレスもびっくりしているでしょうねえ」

と私が言ったら、最前から保温肌着だと見抜いていたらしい店員さんは「ぶふっ」と笑い、

「でも、たとえばＴシャツに合わせてもよさそうだなと思ってたんですよ。スカジャンにもしっくり来ていますし、これからは自信を持って、『ドレスアップするときにも、ロックテイストな恰好《かっこう》のときにもお使いになれます』とおすすめできます」

とフォローしてくれた。保温肌着がロックかどうかはわからぬが、ラフな服装でもしっくり馴染むのが、美の底力というものなのだなと痛感する。

「一年間つけっぱなしにすると考えて、一日あたり一万円ほどと思えば、安いような気がしてきましたね」

「そうですね。つけない日は、どなたかに貸し出しするとか。リゾートホテル会員権方式で」

と、店員さんと私はよくわからない計算をしはじめた。金銭感覚がおかしくなってくるのもまた、美の魔力。

ネックレスの留め金をはずすのがむずかしく、

「めったに試着の機会もないので、慣れておらずすみません」

と店員さんは悪戦苦闘した。

「かまいませんよー。はずれなかったら、装着したまま帰ります」

「その場合、私も一緒にご自宅にお邪魔させていただきたく……」

「じゃ、私たちこれから同居することに？」

「そうなります」

「客用布団を日に当てなくちゃ」

という一幕もあったが、残念ながら無事に留め金がはずれて、私は指輪の入った袋を提げ、店員さん&ネックレスとお別れすることになったのだった。

いまも指輪は愛用中だ。がんがん使っているので傷もついてしまったが、それもまた愛おしく、気に入っている。指輪を見るたび、楽しく親切な店員さんと、店員さんがつけさせてくれたうつくしいネックレスを思い出す。

記念になるものが欲しいなと思って購入した指輪に、また新たな記念や記憶が刻まれていく。あらゆる意味で、とてもいい買い物だったなと思うのだ。

苦手だけど好き

苦手なことは多々あるが、日常生活で特に困ったなあと思うのは、「スイカの切りかたがわからない」だ。

スイカって、基本的に球体ですよね（ラグビーボールみたいな形のものもあるが）。私は櫛《くし》形《がた》に四等分ぐらいに切って、一個の櫛を等間隔に、まな板に対して包丁を垂直に下ろすように、ざくざくとさらに切る。食パンを切るような感じです。そうすると、スイカは薄べったい三角形の一片になる。

しかしそれを見ていた友だちが、

「スイカは中央部が一番甘いから、その部分がどの一片にも来るように、こうやって切るといいよ」

と、もう一個の櫛を使って実演してみせてくれた。立体的な三角形になり、見た目もうつくしいうえに、たしかにスイカの中央部がどの一片にもちゃんと存在している。

「おおー！」

と感動したのだが、友人の包丁さばきが剣豪なみに縦横無尽だったこともあって、自分で再現することがどうしてもできない。その後何度も、「こうだったっけ……?」と頭を悩ませながらあれこれ試してみるも、なぜか四角い破片になってしまったりして、絶望的な気持ちだ。

つまり私は、「立体物」がよくわからないし、苦手だ。キャベツやタマネギとなると、そこに繊維の向きもかかわってくるため、混迷はさらに深まる。キャベツを千切りしていたら、芯だけのゾーンが生じてしまったとき、タマネギを櫛形に切りたかったのに、繊維部分がどんどんほどけてみじん切りみたいになってしまったとき、「あんなに考えてから切ったのに、またまちがえた……」と私は台所で一人泣いている（タマネギの汁のせいではなく）。

とにかく筆舌に尽くしがたいほど、立体物を把握する能力に欠けている。そういえば算数の授業でも、展開図をまえに呆然としていた。「どれがちゃんと立方体になる展開図でしょうか」と聞かれただけで脳にかすみがかかる思いがするのに、それよりも複雑な形状をしたキャベツやタマネギを把握できるはずがないのだ。

もうひとつ苦手なのが、「ポインセチアを育てること」だ。私は植物を育てるのが好きだし、わりと得意なほうだと思うのだが、相性というものはあって、ポインセチアはどうもうまくいかない。

最近のポインセチアは、葉が赤く色づくものだけでなく、ピンクや黄色もあって、とてもかわいい。クリスマスが近くなると、鉢植えをうきうき買ってきて眺める（正確には、色づく部位は葉ではなく「苞《ほう》＝蕾《つぼみ》を包む部分」らしい）。しかし、どうも温度と水やりの加減がむずかしく、拙宅に来たポインセチアは軒並みしんなりし、葉を落としていく。

どうしたものかと毎年試行錯誤した結果、「風呂場に鉢を置く」という結論にたどりついた。拙宅の風呂は小さなユニットバスなので、室温が下がりすぎることもなく、シャワーを使うたびに適度な湿度をもたらすことができる。あと、リビングなどに置くのとちがって、目に入る機会が少ないため、水のやりすぎも防げる。逆に言うと、せっかく買ったポインセチアをあまり眺められない、という弊害もあるわけだが、（ポインセチアの）命には換えられない。

おかげさまで、昨年買ったポインセチアはいまのところ元気に、黄色く色づいた葉を風呂場で繁らせている。その隣にはふたつ、緑の葉っぱを繁らせたポインセチアの鉢がある。一昨年とそのまえに買ったポインセチアだ。本来なら、それぞれピンクと赤に色づくはずなのだが、堂々たる緑である。

そう、ポインセチアを色づかせるためには、「短日《たんじつ》処理」をしなければならない。秋ごろ、夕方から朝にかけて段ボール箱をかぶせて日照時間を減らすと、「むむ、蕾をつける時期か！」とポインセチアが察知し、クリスマスの時期に葉が色づくのだ。

しかし私は毎年、短日処理に失敗する。しんなりしつつも、なんとか冬を乗り越えたポインセチアは、春から夏にかけて元気を取り戻し、ぐんぐん葉を繁らせる。「よかったよかった」と安堵《あんど》して迎えた秋、満を持して鉢に箱をかぶせるのだが、私の起床時間が不規則なため、昼になっても箱を取ってもらえなかったり、午後三時ごろに就寝するのに合わせて、早くも箱をかぶせられたりと、翻弄されるポインセチア。

当然、色づくはずもなく、緑のポインセチアの鉢が増えていく。緑のポインセチアは、ただの「ちっちゃい木」である。かわいいけど、ポインセチア感は皆無……。ただでさえ狭い風呂場に、なぜちっちゃい木を並べなきゃならんのか、自分でしていることだけれど、たまに本気で首をかしげてしまう。

苦手だなあと思いながらも、それでも私は野菜を切るしポインセチア育成を続行する。野菜もポインセチアも、とてもうつくしいからだ。

予定とちがう形に切れてしまったスイカや野菜の断面を、まじまじと眺める。種や葉脈や繊維がものすごく精妙な模様を描いている。風呂場のポインセチアもそうだ。葉に載ったシャワーの水滴が宝石のように輝き、レンズとなってその下を走る葉脈を拡大する。不思議だ。こんなにうつくしい形状を生みだす自然の力が不思議だ。

私たち人間の体も同様に、うつくしく精妙な仕組みでできあがっているわけで、いよいよもって不思議だなあと思いながら、素っ裸で風呂場にしゃがみ、ポインセチアに見入る日々だ。

きらめきとふぐふぐ

友だちとおしゃべりしながらお店で飲食したり、旅に出たりといったことが、なかなかできない日々がつづいている。早く状況がよくなるといいなと思うのだが、新型コロナウイルスの流行が収まったとしても、人類と未知の感染症とのつきあいは古来繰り返されてきたようだし、できるだけシミュレーションをして対策を練っておくなど、今後も心構えは必要だろう。

と、なんだか大上段《だいじょうだん》に振りかぶってみたが、私が今回お伝えしたい肝心の部分は、実はそこではない。某「歌ったり踊ったりするきらめく集団」のコンサートが開催されたため、東京ドームに行ったのである。

むろん、コンサートをしたり見にいったりしてる場合か、というご意見ももっともだと思う。だが、音楽や演劇関係の仕事に就《つ》いているひとたちが危機に瀕しているのも事実で、「どんな工夫をすれば、感染を防ぎつつ催し物ができるのか」を試してみるのもひとつの手だろう。と、またも大上段に振りかぶってみたが、正直なところ、そのコンサートを見たい気持ちがやみがたかったので、事前に体調管理を万全にするよう心がけつつ、私は出かけた。

会場での感染防止対策は、こちらの予想以上に練りあげられていた。来場者はあらかじめ

COCOA《ココア》（接触確認アプリ）のダウンロードを義務づけられており、入口で確認される。マスクは絶対にしていないとならないし、検温と手指消毒もここで行われる。ついでに言うと、チケットはすべて電子なので、係のひとと物理的に接触することもまったくない。

観客の人数は定員の半分に絞っており、座席は市松模様のように、前後左右に空きがある状態だ。友だち同士で密着したりしゃべったりしていると、すぐに係のひとがすっ飛んでくる。もちろん、公演中に声を出すことも厳禁である。

とはいえ、出演者がきらめく集団なので、それを目にしたら黄色い悲鳴を上げてしまうかも……。まあ私はふだんから、「腕組みした地蔵」のように黙りこくってコンサートを眺める癖があるのだが、とにかく先方のきらめきが尋常じゃないので、さしもの地蔵も声帯を使ってしまう可能性はゼロではない。

どうなることかと思うも、ドカーンときらめく集団が登場した瞬間すら、なんと観客はまったく声を上げなかった。ひたすら、拍手や小旗を振ることで応援の気持ちを表現する。

私の隣（実質的には、席をひとつ空けた隣）にいたのは、十代後半だろう女の子だったのだが、彼女はマスクをした口もとを腕でふさぎ、必死に声を押し殺して、一生懸命に旗を振っていた。ほんとは「きゃー」って言いたいんだけど、がんばって我慢しているらしい。うむうむ、気持ち、わかるよ……！　無言でうなずく地蔵。

しかし試練はつづく。きらめく集団が花道に繰りだしてきたり、移動式ミニステージに分散して乗って、アリーナ外周をまわったりするのだ。つまり、メインステージにいるときよりも、客席に近い位置までやってくる。

このきらめきは……、人類的に耐えられるものなのか？　心配になった地蔵は、ちら、と隣の女の子をうかがった。彼女は腕では追いつかなくなったらしく、マスク越しにタオルを噛《か》んでいた。ていうか、マスクのうえからぐいぐいタオルを口に押しこんでいた。気持ち、わかるけど、もはや窒息の危機に直面してるよ！　大丈夫なの⁉

それでも彼女はこらえた。一声も発さずにきらめく集団を見つめていた。そんな彼女を見て私は、「きらめく集団よりもきらめいている、うつくしい姿だな」と思った。

実際は、ふぐふぐするほどタオルを口にめりこませてて、事情を知らないひとが見たら心配になるというか、滑稽さを感じさせる様子だったかもしれない。でも、彼女がどんなにコンサートを待望していたか、きらめく集団から、いまどれだけ感動をもらっているか、だけど声を出して、万が一にもまわりのひとになにかあったら大変だと理性を働かせているか、そんなあれこれがすごく伝わってきて、「いい子だなあ」と私も感動したのである。

隣の彼女みたいなひとがいっぱいいて、東京ドームは、拍手と小旗の音だけが響く無言の空間となったのだった。

はたして一人も感染者を出さずにすんだのか、現時点ではまだわからない（追記参照）。ただ、あの場に集《つど》った人々が、できるかぎりの想像力を働かせ、感染したりさせたりしないよう振る舞ったのはたしかだ。

あと、びっくりしたのは、移動式ミニステージの側面に巨大な送風機が埋めこまれていて、きらめく集団がアリーナ外周をまわるたび、ついでに場内の換気もできるような仕組みになっていたことだ。すごい発想だな、おい！

シャレオツな巨大送風機に乗るきらめく集団。タオルでふぐふぐ口をふさぐ女の子。ＳＦっぽいんだかアナログなんだかよくわからない、なんともシュールな光景だったが、こういう工夫を重ねて、少しずつでも「日常」を取り戻せていけたらいいなと、強く願った一日だった。

追記：二〇二一年三月に、この原稿を書いた。「きらめく集団」とは率直に言って、ＥＸＩ《エグザイ》Ｌ《ル》Ｅ一族のことである。もじもじ。ちなみに、このときのドームコンで感染者が出たという話は聞かず、ふぐふぐしてた女の子をはじめ、みんなの努力が実ってよかったなあと思った。
ところで、ＣＯＣＯＡの機能を停止すると、二〇二二年九月に発表があった。なんだったんだ、ＣＯＣＯＡ。役に立ったんだか立たなかったんだか、よくわからんな。政府は私と同じぐらいデジタル（？）に弱いと判明した。たとえば私がエクセルを使いこなせなくても、たぶん三人ぐらいに迷惑をかけるだけだが、政府がデジタル弱者じゃ困るので、至急パソコン教室とかに通ったほうがいいと思う。猛省をうながしたい（また大上段）。

プチ・イメルダ

私の母は昔から靴が好きで、ちょっと目を離すとキラキラした靴が下駄箱で増殖している。「お母さんがタコだったら、まあこのぐらいの数の靴が必要なのかなと納得できるが……」と、幼い日の私は首をかしげていた。ちなみに私の父は、妻のことを「イメルダ夫人」と呼んでいた。イメルダ夫人とちがって、母が買うのは高価ではない靴ばかりだったから、我が家で革命が起きることはなかった。

まだ一段落しか書いていないのに急に話が脱線するが、お若いかたには「イメルダ夫人」の意味がわからないかもしれない。最近エッセイを書いていて、「また野球にたとえてしまったが、若いひとに通じるだろうか」といったように、世代間ギャップについて思いめぐらすことが多くなった。加齢。先日、ある雑誌で「ドアノブカバー」を話題に取りあげたところ、「ドアノブカバーを知ってるの、たぶんいまの三十代がギリギリかと」と編集者に指摘され、そりゃそうだなと思った。老兵は死なず、ただ去りゆくのみ……！（これもお若いかたにとっては、出典が「？」かもしれない。いや私もさすがに、マッカーサー退任をリアルタイムでは知らんけど）

それはさておき、「タコでもイメルダ夫人でもないのに、そんなに靴はいらんだろ」と思ってきた私なのだが、気づくと拙宅の下駄箱が満杯に……！

大人になるにつれ、私も靴大好き人間になってしまったのである。ＤＮＡって怖いものだなあ（なんでもＤＮＡのせいにするの、よくない）。

傷んだものは定期的に処分したり、こまめに磨いたり日に当てたりと手入れもしているのだが、満杯だからか、拙宅の玄関の風通しが悪いからか、大事な靴がカビてしまった。ブーツを収納した下駄箱の扉を開けた私は、衝撃でしばし立ちすくんだ。

……いま気づいたが、「下駄箱」ってのも死語かもしれない。まあいい。話をつづけよう。

このままでは、パンプスやサンダルを収納した下駄箱にも累《るい》が及ぶ可能性大！（下駄箱一個では収まりきらず、ちっちゃいのを二個くっつけて使用してるんです、はい……）早急に手を打たねばと、衝撃から立ち直った私はネットの海をさまよい、靴用のカビよけスプレーをポチリと購入した。

翌日、届いたスプレーを手に、私は玄関のまえにずらりと靴を並べた。ちょうど天気もいい。マスクを装着し、軍手をはめて、まずは靴用ブラシでカビをこすり落としていく。カビていないパンプスやサンダルにも、念のためべつの靴用ブラシをかける（ブラシを二個持っているのだ。靴に対する本気度）。

さて、無事にカビが落ちたブーツの群れに、カビよけスプレーを噴霧する段だ。ところがこのスプレー、ポンプの部分が異様に固い。指に渾身《こんしん》の力を入れないと、ポンプ部分を押しこめないのだ。もうちょっとちゃんと設計してほしい……！　と嘆きつつ、カビよけのついでに握力も鍛えられるなんてお得だ、と自分に言い聞かせて、シュッシュと薬液を噴霧。

なんとかすべてのブーツに噴霧し終えたところで、容器がからになった。たりない……。パンプスとサンダルにもカビ予防したいのに、全然量がたりないよ！　腱鞘炎《けんしょうえん》のように痛みだした手をなんとか操り、追加注文のクリックをする。あと二本はカビよけスプレーを噴霧しないと、作業が終わらない。保《も》ってくれよ、あたしの手……！

また翌日、届いたスプレーを残りの靴に噴霧しまくり、私の利き手は完全に故障した。缶詰のプルトップも開けられないほど、痛くて力が入らない。だが、大事な靴たちが私を待っている！　しばしの陰干しののち、今度は一足ずつ念入りに靴用クリームを塗りこんでいく。たとえ二度と缶詰も缶ビールも口にできなくなったとしても、愛するもののために全力を尽くさねばならないときがあるってことさ……！

そのまえに、愛するものをカビさせてしまうようなズボラさを改めたほうがいいのでは？　そうすれば、こんな痛い思いをしなくてすんだのでは？　と自分でも思ったが、夕方にはすべての作業が完了し、下駄箱のなかもきれいに拭いて、ピカピカの靴を再び整列させることができた。ふぃー、やりとげた！

二日間の苦闘のせいで、いまもこの原稿を一文字打つたび、「いててて！」とうめいているが、悔いはない。私はやっぱり靴が好きだ。ファッションはなんでもそうだが、機能性があれば充分なはずなのに、キラキラした飾りやきれいな色や柄がついている。靴の手入れをしていると、「なるほど、このフォルムは流麗なだけでなく、うまく足を支えてもくれるんだな」と発見があって楽しい。実用一辺倒ではなく、美も追究してしまう人間の心って不思議なものだと、つくづく感じ入る。

必死に靴にクリームを塗りこむ私の足もとを、蟻《あり》がさかんに行き来していた。紫色の花の蕾を懸命に運んでいるものもいれば、ただうろうろしているものもいる。並べた靴に登りはじめたものがいたので、そっと振るい落とすと、あたふたしたのち仲間と行きあって、安心したのか一緒に歩きだした。それもまた、なんだかかわいらしくうつくしい光景だった。

追記：しかしこのあと、蟻をはじめとするさまざまな生き物と私との、戦いの火蓋が切られることになるのだった……（後出のエッセイ参照）。いま、戦いを振り返って思うに、蟻も二、三匹までならかわいいが、軍団となると手に負えない。やつらは勤勉さゆえに進軍をやめぬ。靴すらカビさせるズボラな私では、到底太刀打《たちう》ちできない相手なのだった。

天国の庭

「庭のバラがきれいに咲いたから、見にこない？」と友人が誘ってくれて、待ってましたとばかりに遊びにいった。友人のお父さんがご自宅の庭で熱心にバラを育てており、私は見物させてもらうのを楽しみにしているのだ。

友人父のバラ栽培は、ご本人いわく「趣味」なのだが、お庭じゅうにさまざまな品種が咲き誇っており、バラのアーチまである。垣根越しにあふれんばかりのバラで、しかも色のバランスも考えつくして植えてあるため、ご近所にも大評判。近隣の友人知人がみんな見物にやってくるほどだ。

庭に一歩踏み入れた私は思わず、「ふおおおお！」と感嘆の声を漏らさずにはいられなかった。マスクをしていてもいい香りが感じられるぐらい満開で、貴族の庭というより、もはや天国みたいにうつくしいバラの園だ。

しかし気になることもある。バラの季節に友人宅にお邪魔するのは二年ぶりだったのだが、前回よりも確実にバラの密度が高くなっている。

「あの……、鉢が増えてますよね？」

　すると、出迎えてくれた友人父は気まずそうに目をそらし、

「そうかな、そんなことはないですよ」

ともごもご言った。「バラが育って大きくなったから、そう思うんじゃないかなあ」

だが、友人と友人母はここぞとばかりに、

「ほらやっぱり！　絶対増えてるんだよ！」

「『もう新しい苗は買わない。鉢は増やさない』って言ったくせに！」

と友人父を糾弾しはじめた。毎日庭を眺めているので、変化に対して確信が持てず、「どうもバラが増えているような……」と疑惑を抱いていたものの、「気のせいだ」と友人父に丸めこまれていたらしい。

「私はバラ以外の植物も楽しみたいのに、お父さんたらバラばっかり植えちゃって」

と友人母は嘆きつつも、おいしい紅茶をいれてくださった。夫のバラ暴走をとどめる術《すべ》もなく、もはや諦めの境地ということのようだ。

　我々はお庭のベンチで紅茶を飲みながら、バラを眺めた。そのあいだも友人父は、立て板に水のごとく品種や育てかたについてレクチャーしてくれる。品種名はさっぱり覚えられなかったが、大輪の白い八重咲きで、花の中央が薄いピンクのバラや、赤に白い斑《ふ》の入ったワイルドローズっぽいもの、紫やレモンイエローなどなど、さまざまな色と形のバラを堪能した。香りも、香水みたいに華やかなものもあれば、花に鼻をつっこむようにするとほのかに香るものも

ある。しかも、同じ株でも花の開き具合によって香りがまったく異なる。紅茶を飲み終えた私は夢中で写真を撮り、くんくんと花の香りを嗅いでまわった。友人父もバラ解説を続行しながら、隣でくんくん嗅いでいる。毎日、バラの手入れをし、思うぞんぶん眺めたり嗅いだりしているのだが、まだ嗅ぎたりないのだそうだ。本当にバラが好きなんだなあと、なんだか微笑《ほほえ》ましかった。

友人父は、たぶん七十代だろう。仕事を引退したのち、「そうだ、バラだ！」と突然思い立ったらしい。以降、趣味ひとすじ（趣味という言葉では言い表せないほどののめりこみようだが）。コツコツと庭を改造し、いろんなバラを小さな苗から育てたり、挿《さ》し木《き》で増やしたりして、見事なバラ園を築きあげたのだそうだ。朝早くからせっせとバラの世話をし、夜は、「明日はどんな作業をしようかな」と算段するうちに、すやーっと快眠できるのだとか。

頭のなかがバラでいっぱいすぎる気もしなくもないが、生き生きと楽しそうな友人父を見ていると、「好きなものがあるって、ほんとにいいことだな」とつくづく思う。しかも、友人父のバラ暴走のおかげで、家族だけでなく近所のひとや私まで楽しませてもらえるのだ。なんといい趣味（という言葉で言い表せる範囲を超えているけども）だろう。友人父にたっぷり愛情を注がれたバラも、なんだか幸せそうだった。

なにしろ友人父は、「アーチにしたツルバラが寿命を迎えたら、代わりに植えよう」と、さきを見越して次の苗もぬかりなく育てているのだが、世話が行き届きすぎてツルバラはちっとも寿命を迎えず、アーチはますますこんもりと満開、鉢で育成中だった次世代の苗も、「苗」というレベルじゃなく立派に大きくなって満開、といった調子で、そりゃ庭のバラ密度がぐんぐん高くなるわけだ（カタログを見ては、新たな苗をこっそり購入しているのも事実のようだが）。友人父のみならず、バラも生き生き、衰えを知らぬ。

私だったら、「テレビや雑誌に庭を取りあげてもらえるかも」とか、見物料を取ったりとか、バラジャムを作って売ったりとか、交配させて新種を発表して一儲けとか、いくらでも欲をかいてしまいそうなところだが、友人父はそういうことにはまったく興味がないみたいだ。ただひたすら手塩にかけてバラを育て、友人知人に楽しんでもらい、ご自身も庭を眺めながらお茶を一服。それだけで充分だと感じておられるようで、だからこそバラの庭がこんなにもうつくしいのかもしれない。バラに囲まれて夢のような数時間を過ごしたが、いくら見ても見飽きることがなかった。

名残惜しい気持ちでおいとまする。友人が駅まで送ってくれるということで、車に乗りこもうとしたとき、私は気づいた。軒下に腐葉土の大きな袋が大量に積まれている……！

「これ……」

と私は言った。

「そうなんだよ、まだまだ増やす気まんまんだよね」

と友人はため息をつきつつ笑った。

小さな侵入者

パキラ（観葉植物）は葉っぱの裏側から蜜を出す。蟻を呼ぶための仕組みで、蜜を舐《な》めるついでに葉についた害虫も食べてもらおうということらしい。植物とは賢いものだなあと思う。

拙宅の窓辺にもパキラの鉢があり、さかんに蜜を分泌している。透明でトロッとしており、指でちょいとぬぐって舐めると、シロップそのものといった感じにすごく甘い（少量なら人体に悪影響はないと我が身で実証ずみだが、砂糖がわりに紅茶やコーヒーに入れたり、ごくごく飲んだりしても大丈夫なものなのかはわからないので、ご注意ください）。

しかし拙宅のパキラは、ずっと屋内で育てられている究極の箱入り娘なので、蜜を出しても出しても蟻はやってこない。フローリングの床に蜜が垂れて白く固まってしまい、私が拭き取るのに苦労するぐらいの効果（？）しか生みださなかった。

そんなある日、パキラの鉢がある部屋をふと見たら、小さくて黒い蟻が二十匹ほど床を歩いているではないか。網戸の網の目からか、サッシの隙間からか侵入したようで、明らかに鉢の周囲をうろうろし、なんとかパキラに登れないかなーとうかがっている様子である。

ついにうちの箱入り娘が、蟻とデートを……！　だがまあ、蟻に居座られては困るので、手にしたスリッパでばしばし叩いて大量虐殺する（無慈悲）。

不思議なのは蟻の嗅覚だ。拙宅があるのは二階で、蟻はベランダに面した窓から侵入したと思われるのだが、ふだんベランダで蟻を見かけたことはない。となると、地面にいた蟻の一団が、なぜかその日にかぎってパキラの蜜のにおいを嗅ぎつけ、わざわざ外壁をよじ登ったということなのだろうか。相当鼻がいい。

地面の巣から遠征してきたのだとしたら、新たな懸念も生じる。侵入した蟻の一団を私が発見→虐殺するまえに、床に垂れた蜜を舐めて満腹し、さっさと巣に帰った蟻がいないともかぎらないではないか。その蟻は仲間にこう言っているだろう。

「いい蜜を生産する木を見つけたんだ。場所を教えてやるから、明日一緒に舐めにいこうぜ」

つまりこのままでは、拙宅の窓を開けるたび、蟻の大群が押し寄せてしまう……！　蟻を呼ぶ元凶はパキラなわけだが、手塩にかけて育てた箱入り娘を斬り倒すなんてできないし、蟻を大量虐殺するなどという無慈悲な行いもなるべくならしたくない。かといって、窓を閉めっぱなしにするのもいやだ。部屋がカビる。

どうすりゃいいんだ、と頭を抱えた私は、とりあえず科学の力を借りることにした。ドラッグストアに行き、虫除けの棚を眺める。ふむふむ、蟻用の殺虫剤や毒餌《どくえ》がいろいろあるぞ……。でも、殺生《せっしょう》はできるだけ避けたい。毒餌を蟻が持ち帰って、巣ごと全滅なんて寝覚めが悪いではないか。

いろいろ検討した結果、「蟻がきらって寄りつかない粉」を購入。窓の外に停止線を描く要領で、ベランダに白い粉を撒《ま》く。「こんもりするぐらいに撒け」と粉の入った巨大ボトルに書いてあったので、言われたとおりにしたら、「盛り塩ほどの厚みがある白い粉で線を引き、窓に結界を張ってる謎の部屋」みたいな見た目になった。ちょっと余った粉を使い、蟻に通じるかわからないが、線の横に「トマレ」と書き添える。ベランダを目撃したご近所のかたが、「あの部屋に住んでるひとって……」と怯《おび》えないことを祈る。

翌日、おそるおそる窓を開け、事態の推移を見守る。蟻は現れない。パキラの蜜を舐めてみせ、「甘くておいしいなあ」とわざとらしく大きな声でアピールしながら、チラッチラッと窓の外を眺める。蟻の気配のかけらもない。

やったー！　やっぱり蟻は「トマレ」って文字が読めるんだ！（たぶんちがう）

安心してしばし仕事部屋に籠《こ》もり、コーヒーでもいれるかと台所に行ったら、十匹ほどの蟻がシンク上を行進していた。ぎゃっ！　ベランダの窓を結界でふさいだため、今度はやつら、台所の窓から侵入してきたのである。虐殺（無慈悲）。ドラッグストアに駆けこみ、もう一本ボトルを買ってきて、台所の窓にも結界を張る。「トマレ」って書いたぶんの粉、取っておけばよかったよ……。

有能な陰陽師《おんみょうじ》が式神《しきがみ》を飛ばしまくっても、すべて跳ね返す。それぐらい厳重に、あらゆる窓辺に結界を張りまくったおかげで、蟻の侵攻はようやく止まった。ご近所さんも跳ね返されて拙宅に回覧板をまわしてくれなくなるのではと心配だし、ベランダで洗濯物を干すときに線を踏まないよう気をつけなきゃならなくて不便だが、まあよしとしよう。

この章に収録したエッセイは、「日常のなかの美」を語るというテーマで依頼された月刊連載だったのだが、今回、お題をクリアできとらんやんけ。蟻との戦いに美は見いだせなかった……。殺生は悲しみしか生まぬ。

美がない一カ月だってある、それが生活というものだ！（開き直った）

強いて言えば、「トマレ」の文字はわりと端正に書けた。あと、パキラの蜜は葉っぱの裏側をトローッと伝って先端に集まり、朝露みたいに透明な球になるのです。お日さまの光を受けてつやつやきらきら輝く蜜は、とてもきれいです。

追記：いよいよ蟻との戦いがはじまり、なんとか勝利を収めたかに見えたが、新たなる強敵が次々に襲いかかってくると予告しておこう。……なんで私、小さき生き物と本気で戦ってるんだろう。暇なのか？

侵入者が一匹と一人

帰宅して玄関のドアを開けた一瞬の隙に、ちっちゃなトカゲが私の足もとをすり抜け、屋内へ侵入した。なっ、おまえと一緒に帰宅したつもりはない！

急いで追いかけるも、どこへもぐりこんだのか現在に至るまで行方不明だ。期せずしてトカゲと同居することになり、いつ同衾《どうきん》を申し入れられるんだろうとドキドキしてしまって、このところ眠りが浅い。トカゲ氏も「寝室はべつにしたい派」だといいのだが……。

さて、今回はネイルの話をしたいと思う。

私は自宅でパソコンに向かってばかりの生活なので、視界に入るのは手もとのみという感じだ。すると、爪が気になる。自分で自分の顔は見えないからすっぴんでもいいが、爪がすっぴんだと、「なんかもうちょっと華やかにできないものか。これじゃ気合いが入らない！」と思えてくるのだ。

そこで十年ほどまえから、近所の商店街にあるネイル屋さんに通うようになった。三週間に一度ぐらいの頻度で、ネイリストさんに爪を塗ってもらうのである。ジェルネイルといって、紫外線で固めるタイプのものなので、マニキュアとちがいはがれにくい。それまでは自分でマニキュアを塗っていたのだが、米を研《と》ぐとはがれた欠片《かけら》が混入してしまうことがあった。しかしジェルネイルなら、その問題は解決だ。

　ネイリストさんとデザインや色を相談し、爪にうつくしい装飾がなされていくのを眺めるのは、とても楽しい。私は派手でキラキラしたものが好きなので（「カラスと似たような趣味をしている」と友人によく言われる）、はっきりした原色を塗ってもらうだけでは飽きたらず、光る石やらラメやらを追加することもしばしばだ。爪が宝石みたいだと、テンションが上がるからな。ラーメン屋さんで「ニンニク増し増しで！」と注文するときと同じようなノリで、「キラキラてんこ盛りで！」とお願いしてしまうのだった。

　ネイルの施術には一時間半ほどかかり、そのあいだは手を委ねつつ、ネイリストさんとずっと向きあっている。定期的に通って顔馴染みになっているので、必然的におしゃべりに花が咲く。商店街に新しくできたおいしい飲食店について、近隣の家賃相場や学校の評判についてなどなど。美容院や理髪店と同じかそれ以上、ネイル屋さんにはご近所情報が集まるのだ。

　あるとき、私は夜中に救急車両のサイレンの音で目が覚めた。ずいぶん騒がしいなと思って窓の外を見たら、消防車が何台も通りを走っていく。案じられたが、火元がどこなのかはわからなかった。

　二日後、予約を入れていたのでネイル屋さんに行き、ふと思い出して、「このまえ、夜に火事があったみたいですね」と言ったら、

「〇丁目にレンガっぽい外観のマンションがありますよね。あそこの〇階のお部屋だったそうです」

と、ネイリストさんがすらすら教えてくれた。「でも、ボヤですんで、住人のかたも無事でした。消したつもりの煙草がくすぶってて、台所のゴミ箱から出火しちゃったらしいです。ちょうどトイレに行きたくなって目を覚ましたから、早めに発見できて、ことなきを得たんですって」

「ひええ、すごいですね」

「ほんと、すごい偶然で助かって、よかったですよね」

「もちろん、それもそうなんですが、たった二日でそこまで把握してるネイリストさんがすごいです」

スパイも顔負けの情報収集能力だ。ネイル屋さんは社交（という名の世間話）の場。美を提供してくれるのみならず、さまざまな人間模様について考えるきっかけや、生活の知恵（煙草や線香は消したつもりでも火種が残っていることがあり、じわじわ燃え広がるから気をつけろ、など）をもたらしてくれる。おかげさまで爪はキラキラ、おしゃべりで脳も活性化と、いいことずくめなのだ。ネイル屋さん通い、おすすめであります。

と書いていたら、玄関の鍵が開く音がする。私は一人暮らしだ（厳密に言えば、不本意ながらトカゲ氏と同居中だが）。まさか、泥棒!?　すぐに通報できるようスマホを握りしめ、部屋でじっと様子をうかがっていると、玄関から「きゃっ」と裏返った悲鳴が聞こえ、なにやらドタバタやってる気配がする。

拙宅は、泥棒が一目見て悲鳴を上げるほどの汚部屋ではないはずだ。それにいまの声には聞き覚えがあるぞ……。

私は部屋の戸をスパーンと開け、玄関へ行った。案の定、合鍵で勝手に入ってきたらしい父が立っていた。なぜか、たたきに置いてあったはずの箒《ほうき》を手にしている。

「いつも言ってるでしょ、お父さん！　びっくりするから、まずはピンポンを鳴らしてよ！」

「お父さんこそ、ドアを開けたらトカゲがいたからびっくりしたぞ！　だが、お父さんが箒で追いだしてやったから安心しなさい」

というわけで、トカゲ氏と私の同居はついいましがた、解消されました！（どうでもいい新情報）

父は手柄顔をしているが、あなたさっき「きゃっ」て言ってたよね。あのちっちゃいトカゲを相手に、「きゃっ」て……。父親の悲鳴を聞いたのははじめてで、おかしくてならなかったが、とりあえずお礼を言っておいた。

日常の観察者

もう自分の作る料理に飽きた！　というかたは、けっこう多いのではないだろうか。私は飽きを通り越して辟易《へきえき》している。料理に対する情熱があまりないので、新しいレシピを探すでもなく、「またナスの煮びたし！」「また焼き魚！」「また余った食材のごった煮！」といったものを粛々と作っては食べる。料理の腕前もあまりないので、目が覚めるほどおいしいものも、反対に目が覚めるほどまずいものも作成できず、「またこれか……」感が強まる。自分の料理に驚きや喜びを見いだせない。

今年（二〇二一年）の夏、私はパスタソースを作っていた。かたわらではパスタをゆでるための湯が鍋で沸いていて、湯気をもうもうと上げている。そのとき急に、頭痛を感じた。なんだかめまいもする。これはどうしたことだ、と思って、ふと気づいた。もしかして熱中症⁉そういえばさっきから、大量に汗をかいていた。冷房代をケチってエアコンは仕事部屋でしか使っておらず、台所は灼熱《しゃくねつ》地獄だったのである。私はよろよろしながら、鍋に投じようとしていた塩をちょっと舐めてみた。そしたら嘘のように、頭痛とめまいが消えたのだった。

夏に厨房に立つ料理人のみなさまのご苦労はいかばかりだろう。しかし私は、外食したい……！　と心から思った。こんなうまくもまずくもない料理を作るのと引き換えに、熱中症で命を落とすなんてやだよー！（いいからエアコンをつけなさい）

　だがまあ、新型コロナの流行がなかなか収まらないので外食は我慢し、どうしても自分の料理に耐えきれなくなったら、馴染みのお店でテイクアウトするという日々を送った。うう、プロが作ってくれた料理、おいしい。

「でもやっぱり、テイクアウトと外食はちがうと思うんですよ」

　と、近所のネイル屋さんで爪を塗ってもらいながら、ネイリストさんに窮状を訴える私。

「友だちとおしゃべりしながら飲食できるっていうのももちろんですが、一人であっても、お店で食べるほうが断然楽しい。あと片づけをしなくていいし、店員さんやお客さんと思いがけず交流が生まれたりもするし。それが外食の醍醐《だいご》味《み》だったんだなって、つくづく感じています」

「わかります」

　とネイリストさんはうなずいた。「私も自炊には飽き飽きです。外食するとき、私はほかのお客さんの様子を眺めるのが大好きなんですよ。『あのテーブルの男女、つきあうかどうかの瀬戸際だな。あっ、男性がトイレに立ったら、女性がすぐにスマホをいじりだした！　さっきまであんなに愛想よく相槌打ってたのに……。これは脈がないのかも』とか」

「そこまで仔細な観察は、私はしないような……」

「えー。じゃあ三浦さんはご飯屋さんでなにしてたんですか」

夢中でご飯を食べていたのである。しかしネイリストさんがあまりにも確信に満ちた態度なので、「もしや観察もせず、ご飯屋さんで夢中でご飯を食べてしまっていた私のほうがおかしいのか？」という気持ちになってきて、

「すみません」

と謝る。

「やはりポイントは、トイレに立つときの表情です」

とネイリストさんは言った。「生理現象に臨もうとするとき、人間はどうしても油断するんだと思います。そのひとの本性というか本音が表情に出る。直前までの会話の余韻で、トイレに向かうときにもにこにこしているひとを見ると、『仲良しの相手と食事を楽しんでるんだなあ』と伝わってきて、なんだか私までうれしくなります。これはテイクアウトではなく外食しないと、絶対に味わえない瞬間です」

「なるほど、本当にそうですね」

と私は賛同した。お店でもぐもぐご飯を食べている最中であっても、うつくしい瞬間を見逃さずにばっちりキャッチする。そういうネイリストさんの心根もまた、うつくしいものだなあと感じた。でもまあ、ネイリストさんのような観察者がほかにも大勢いるのかもと思うと、トイレへ向かうときの表情選択にも気が抜けず、今後は足取りがぎこちなくなってしまいそうで

はある（自意識過剰）。

「自炊に飽きた」のは、「自分の料理の味に飽きた」からだと、私は思っていた。けれどネイリストさんとの会話を通し、それだけが理由じゃないなと気づくことができた。

　お店で食べると、思いがけない出会いがある。べつに、友だちと一緒に食べなくてもいいし、ほかの常連客や店員さんと会話しなくてもいい。たまたま店に居合わせた、もう二度と会うこともないだろうお客さんの振る舞いや会話を見聞きしたり、店のテレビをボーッと眺めたり、店に行くまでの道で散歩中の犬とアイコンタクトしたり。とにかく、自分以外の存在と触れあい、自分ではどうしようもないあれこれ（お客さんの会話や店のテレビのチャンネル権など）のなかにとりあえず身を置くという、外食にまつわるすべてが楽しく刺激的だったのだ。その機会が大幅に失われ、ほとんどすべてを自分で采配でき、予測可能な味しか生みださぬ自炊ばかりになってしまったから、私は「飽きた」のだろう。

　他者の存在が、気配が、日常に輝きや、ときとして軋轢《あつれき》を生じさせる。この世界のうつくしさの根本は、やはり「多様であること」「自分の意のままにはならぬこと」にこそあるのだと、改めて思ったのだった。

布団騒動

いよいよ寒さが厳しくなってきたので、厚手の布団と毛布を戸棚から引っぱりだし、もこもこにくるまって寝る。ぬくもった布団のなかで体を丸め、窓の外で吹いている寒そうな風の音を聞く。ちょっとさびしいような、でも満たされているような気持ちがする。巣穴で冬眠する熊もこういう気分なのかなと思ううちに、いつのまにか眠りに落ちていく。

私は冬の夜の睡眠が大好きだ。いや、季節を問わず睡眠自体を好んではいるのだが、最近の夏はいくらなんでも寝苦しすぎる。やはり、ふわふわもこもこの寝具に包まれて眠る安心感や幸福感が一番だ。平穏な冬の夜には、透きとおった美が宿っている気がする。

だが今年の冬、戸棚から引っぱりだした布団と毛布を日に当て、「さーて、いよいよ冬眠する熊と化す季節がやってきましたぞ」と喜び勇んでベッドに飛びこんだ夜、異変が起きた。ふくらはぎや腕がかゆい……。まさか、ダニ!?　ちゃんと干したし、そもそも前回の冬の終わり、布団や毛布を戸棚にしまうまえにも、入念に手入れをしたのに!?

一晩じゅう、「うーむ、なんかかゆい……」ともぞもぞしていた私は、朝が来て目が覚めるとさっそく、腕や脚を点検した（一度就寝したらテコでも途中で起きない、貪欲なる睡眠力）。

かゆかった部位には、なにも変化はなかった。赤く腫れているでも、ダニに噛まれた痕《あと》があるでもない。

はて？　と不思議に思いつつ、その晩も就寝。ぬおお、やっぱりかゆい！　これは絶対にダニでしょ！

翌朝、布団と毛布のみならずマットレスもベランダに干し、三十センチ定規でバンバン叩きまくった（拙宅には布団叩きがない）。日に当てているあいだにドラッグストアへ行き、ダニ退治＆予防のスプレーを買ってきて、あらゆる寝具の裏と表とを問わず噴霧しまくる。

よし、これで大丈夫だ。ベッドメイクし直し、就寝。

翌朝、ベッドに腰かけた私は頭を抱えていた。寝ているあいだ、またも脚と腕がかゆかったのである。どんだけ生命力の強いダニなの？

悲嘆に暮れたのがよくなかったのか、起きてる状態なのにもかかわらず、猛然と腕がかゆくなってきた。むむ、ダニめ。もしや私の体を這いあがってきたのか？　反射的に袖をまくった私は、腕の皮膚がぼこぼこと赤く腫れているのを目撃した。

あーっ、これ、じんましんだわ！　ダニじゃなかったんだ！

私は花粉の時期にじんましんが出ることが多く、近年は「秋花粉→年末ぐらいに早くも杉花粉が飛びはじめる」といった感じなので、肌寒くなったころから間断なくアレルギー症状に悩まされがちだったのだ。どうやら私の場合、冬で肌が乾燥するのに加え、布団にくるまってぬくぬくすると、寒暖差でじんましんが出やすくなるというからくりだったもよう。

そういえば、去年も冬にじんましんが出て、医者に行ったな……。でも、一年まえのことなんて忘れちゃうよね。えへ。

そそくさと皮膚科へ行き、じんましん用の薬をもらって飲んだら、就寝中のかゆみから解放されました。幻想のダニと格闘した時間はなんだったんだ。まあ、スプレーでダニ予防できたから、よしとしよう。

じんましんは落ち着いたのだが、今度は悪夢にうなされるようになった。原因は明白で、母が送りつけてきた冬用布団。母の家の押し入れから発掘されたそうなのだが、昔の布団だからなのか、詰まった綿がとにかく重い。妖怪に押しつぶされて寝てるようなもので、そりゃ夢見も悪くなる。

一週間ほど我慢するも、ある朝とうとう「……重い！」と布団をはねのけた私は、戸棚から引っぱりだした羽毛布団を日に当て、選手交代を告げた。そういえば去年も、綿の布団のせいでうなされ、重みに耐えかねて羽毛布団にチェンジしたんだっけな……。でも、一年まえのことなんて忘れちゃうよね。えへ。

同じ過ちを繰り返さぬよう、綿布団も干したのち、母に送り返すことにした。布団圧縮袋にねじこみ、掃除機で吸う。あんまり平べったくならないんだが、どういうこと？　布団の中身に空気はほぼ含まれておらず、ほとんどみっしり綿だってこと？　そんな布団ってあるのか、まじで妖怪じみている。

布団を受け取った母から電話があったので、

「子泣きじじいみたいに重くて、受け止めかねるんだよ」

と訴えた。

「ええー？」

と、母はピンと来ていない様子だ。「私は、布団は重いほうが好き。なんだか『冬だなあ』って感じがするじゃない。最近の羽毛布団なんて軽すぎて、かけてるのかどうかわからないから不安になっちゃう」

かけてるから安心しようよ！　あと、羽毛布団って最近のものだろうか。ずいぶんまえから存在してるように思うのだが。とにかく、母が「重さ＝価値」と、純金と同じ感覚で布団をとらえていることがわかった。重い布団で体に負荷をかけて鍛えてるから、頑丈なんだなということも。

睡眠中もトレーニングを怠《おこた》らない老母。見習うべきストイシズムかもしれんが、私はのんびりぬくぬくしたい派なので、やはり妖怪布団は慎《つつし》んで母に返納します。

追記：実在しないダニとまで戦っていて、読んでいて我ながら心配になった。

カエルの思い出

春が近づくとおぼいだすごどがある。あ、すみません、鼻をかみます。「思い出すことがある」と言いたかったのです。もう三十年ぐらい花粉症に悩まされており、春をなかなか心から楽しめない。壊れた蛇口《じゃぐち》のように鼻水が垂れるのはもちろんのこと、目や耳や喉までかゆくて困ってしまう。

しかし、花粉に鈍感でいられた子どものころ、春は私にとって胸躍る季節だった。生き物が動きだす時期だからだ。当時私が住んでいたのは東京二十三区内だったのだが、まわりには畑や池や雑木林や野原がわんさか残っており、春になったら友だちとバッタやメダカやザリガニを捕まえて遊んだ。ツクシやヨモギもいっぱい摘んで、近所のひとと分けあって佃煮《つくだに》や草餅《くさもち》にした。

こう書くと「昭和への郷愁」って感じがするかもしれないが、犬のフンを飼い主が持ち帰るというマナーがいまほど徹底されていなかったので、原っぱで遊んでいると必ずと言っていいほど踏みつけて「ぎゃっ」となったし、車に轢《ひ》かれたカエルが道のあちこちでおせんべいみたいにぺったんこになっていて「ぎゃっ」となったし、下水が引かれていなかったのでトイレはぼっとんだったし、週末には道端のドブ掃除をしなきゃならなかった。いまのほうが断然便利で快適なのは事実で、あんまり郷愁はないのである。

ただ、池や野原で生き物を捕まえ、小さな虫かごや水槽で育てるのは楽しかった。春を告げる一番手は、拙宅の庭に住みついたカエルだ。この章の冒頭で、「子どものころ、庭にお気に入りの木があった」と書いたが、木の根もとには錆《さ》びて丈の縮んだドラム缶の残骸があった。そのドラム缶を塒《ねぐら》にしている、大きなカエルが一匹いたのだ。

茶色っぽく地味な風体《ふうてい》のカエルで、たぶんヒキガエルだと思うのだが、私が庭で遊んでいるとドラム缶からのそのそ這いだしてきて、「ぎゃっ」となった（当時はいろんなことに「ぎゃっ」とさせられていたのである）。夕方、野原で遊んで帰ってくると、玄関のまえにでーんと座っていて、また「ぎゃっ」だ。

母は、「あなたの帰りが遅いから、心配して待っててくれたんでしょ」と笑っていたが、「カエルに待たれたくないよー。そういう『まんが日本昔ばなし』（↑アニメ番組）みたいなの、やめてほしいよー」と私は困惑していた。

カエル氏は冬が近づくと姿を見せなくなる。仲良くなれそうもない相手だが、それでも「死んじゃったのかな」と気を揉み、ドラム缶のなかを覗きこんでみたりした。でも、真っ暗でなにも見えない。

ところがカエル氏は、あたたかくなるといつのまにか、また庭をのそのそ這っているのである。色やサイズ感からして、同一人物（人物ではないが）だと推測され、私はその家に住んでいるあいだずっと、カエル氏の出現によって春の訪れを実感することになった。

さあ、池に行く季節がやってきた！　近所には野趣あふれる小さな池があり、我々子どもは水温が上がってきたら、勇んでニボシとタコ糸を持ってザリガニ釣りに繰りだした。

しかしなによりもときめくのが、カエルの卵だ。透明のチューブのなかに、黒い球が整然と並んでいる。なんだかおいしそう……。後年、タピオカがはやったとき、「やっぱりな」と思ったものだ（タピオカはカエルの卵ではありませんよ自分）。

おたまじゃくしが池を泳ぎはじめたら、掬《すく》ってきて水槽で飼う。手足が生え、尻尾が短くなったあたりで、池に戻す。カエル状態になりすぎると、水槽からの脱走を図って手に負えないからだ。庭のカエル氏も、池へ産卵に行くことがあるのだろうか。この家にまえに住んでいたひとが、おたまじゃくしをうっかりカエルになるまで育ててしまい、脱走してドラム缶に定住したのがカエル氏なのだろうか。いろいろ想像をめぐらせてみたが、真相は不明だ。カエル氏は屋内でおたまじゃくしが着々と成長していることには気づかぬ様子で、庭を巡回したり、玄関先に陣取って私を「ぎゃっ」と言わせたりしていた。

たぶんいまはもう、カエル氏は天寿をまっとうしているだろう。二十年ぶりぐらいにその家のそばを通ったとき、お気に入りだった木はあったが、錆びたドラム缶は撤去されたのか朽ちつくしてしまったのか見当たらなかった。よく遊んでいた池にも行ってみたが、公園としてきれいに整備されていた。岸から足をすべらせて池に落ちる子が続出し、「底なし沼」と恐れられていた面影はまるでない（実際はそんなに深い池ではないので、急いで引っぱりあげて全員無事である）。これなら安全だけど、産卵に来るカエル的には、池に出入りしにくいかもなあと少々案じられた。

郷愁はないつもりだったが、センチメンタルになっているのだろうか。池のほとりにしゃがんで笹舟を作っていたら、小学生らしき女の子が三人、「どうやるの？」と聞いてくる。一緒に作って、何艘かの笹舟を水に浮かべた。「この池にカエルはいる？」と聞くと、「いるよ！」「卵がいっぱいある」「タピオカみたい」と口々に言うので、笑ってしまった。やっぱりタピオカみたいだよねえ。

カエルの卵の、あのぶにぶにした感触。透きとおったチューブ。うつくしい思い出になってしまったかと思われたものは、いまも現役で小学生たちの心をとらえているのだとうかがわれた。カエル氏の子孫も、小学生につつかれたりしながら、きっと元気に池で暮らしているのだろう。

イケメンと虫

「困ったことに、どうにも産後太りが止まらないんだよねえ」

と同い年の友人が言うのだが、長年のつきあいがあるので、むろん私は知っている。彼女のお子さんがすでに大学生だということを。

出産から二十年近く経《た》っても止まらない産後太りってあるのだろうか。それはもしかして、出産したことがない私にも身に覚えのある、中年太りというものなのではなかろうか。

そう思い、おずおずと指摘してみるも、

「いやあねえ、なにをおっしゃるのやら。産後太り以外の可能性は微塵《みじん》もないから！」

と、友人は頑として「中年」というワードを受け入れぬ構えだ。しかしえらいのは、「太り」部分はちゃんと直視するところで、新型コロナの影響でリモートワークになったことを活用し、パソコンでエクササイズ動画を再生して、昼休みにあたる時間に自宅で体を動かしているのだそうだ。

私は「中年」になったことを受け入れるかわりに、「だからまあ太ったってしょうがない」と開き直ってしまっている。とはいえ、体重計がはじきだす高値を直視すると精神的打撃を受けるので、「壊れてるんだな、きっと」と電池を抜いてひさしい。

　これではいけないと反省し、

「いろいろ試してみたけど、このひとの教えかたが一番わかりやすくて楽しいし、効く気がする」

　と友人が教えてくれた無料のエクササイズ動画を見てみた。

　ふむふむ。うつくしい筋肉を身にまとったさわやかなイケメンが、椅子やペットボトルなど、家庭にあるものを使ったエクササイズ方法を優しく伝授している。「友め、さてはこの肉体美とイケメンぶりにメロリンキューとなったな」と最初は友人の下心を疑ったのだが、「どこを鍛えるためのエクササイズなのか」「どこを意識してエクササイズすれば効果的なのか」を丁寧に説明しながら手本を示してくれるので、たしかにド素人の私にとってもわかりやすい動画だった。

　さっそくやってみることにする。

　画面のなかのイケメンは、音楽に合わせて五分以上、軽々と体を動かしている。だが無理だ。二分で撃沈した。椅子を使ったストレッチとスクワットを合体させたような動きも、「これを十回繰り返しましょう」とイケメンは言うのだが、私は二回で全身の肉（筋肉ではなさそうな肉）がプルプル痙攣《けいれん》しはじめ、床にドッと倒れ伏す。

「なにやら命の危険を感じるというか、最後までやり通せないんだけど……。もうちょっと初心者向けのものはない？」
と友人にメッセージを送ったら、
「えっ、一番初心者向けの動画だよ⁉　それはほんとに運動不足がやばいレベルにあるよ。毎日少しずつでいいから、がんばって！」
と返事があった。

上級者向けはどんなことになっているのであろうか。そのエクササイズをやったら、あとは一日じゅう寝床で体を休めねばならないほどハードなんじゃあるまいか。エクササイズ界の奥深さとストイシズムに震えあがらざるを得ないが、友の励ましを胸に、とにかく初心者向けの動画を見ながら体を動かす。

そもそも、イケメンと同じ動きができていない自信がある（ドスドス←音楽に合わせて必死に跳ねている）。椅子を使ったストレッチ＆スクワットも、イケメンと手脚の長さからしてまるでちがうので、この角度でいいのか確信を持てないし、足首が硬すぎて体をあまり屈伸させられない（プルプル←全身の肉を震わせながら、必死に全体重を支えている）。

苦しすぎる。毎朝挑戦するも、一度も通してエクササイズすることができず、途中でドッと床に倒れ伏す。だがイケメンは画面のなかから笑顔で、「その調子ですよ！」「いいですね、もうひとがんばり！」と声援を送ってくれる。ひっくり返った虫のごとき私にまで、そんなお優しい言葉を……。しかも、ご自身は息ひとつ乱さず軽快に体を動かしつづけて、手本を示してくださりながら……。

イケメンは筋肉美あふるる肉体を獲得するまでに、ものすごい努力と節制を自身に課してきたのだろう。にもかかわらず虫（私）にもわかりやすいトレーニング方法を、やる気を削がぬよう褒《ほ》めてのばしながら、惜しみなく伝えてくれている（なにしろ無料動画なのだ）。ありがたい仏か⁉　息も絶え絶えの状態で思わず合掌し、床からパソコン画面を見あげる。「ラストまでもうちょっとですよ、がんばりましょう！」と、途中離脱した私を励ましつづけてくれているイケメン。たしかに筋肉の感じとか、うつくしい仏像に酷似しているな……。

私はむくりと起きあがり、「ありがとう、がんばります！」とイケメンに感謝しつつ、脱落したところまで動画を戻して、つづきをやるようになった。

現在のところ、音楽に合わせたエクササイズは、「三分↓ひっくり返った虫↓『ありがとう！』↓一分半↓ひっくり返った虫↓『ありがとう！』↓二分」というペース。椅子を使ったエクササイズは、「五回↓ひっくり返った虫↓『ありがとう！』↓五回」というペースで、なんとかラストまで行き着けるようになった。こんな細切れのエクササイズで効いてるのか？

なにはともあれ、画面に感謝を捧げながら起きあがるたび、「私も友やイケメンのように、『自分は努力しつつ、ひとのことは優しく励まし導く』生きかたを心がけねばならないな」と、清涼な風が胸を吹き抜ける気がするのだった。ドスドス、プルプル。

一朝一夕には完成せず

もう十年以上、同じ美容師さんにお世話になっている。
彼は技術がたしかなのはもちろんのこと、ひとの心の機微《きび》を感じ取るのがものすごくうまい。こちらが放っておいてほしいときは黙っているし、ちょっと会話を楽しみたいなというモードを察すると、豊富な話題をほがらかに振ってくれる。前回どんな話をしたかもちゃんと覚えている。

つまり彼は、美容師さんとしてというよりもはや人間として、およそ隙がない。けっこう長く担当してもらっているのに、こんなに暗黒面を垣間見《かいまみ》せない人類など存在するものだろうか。私はほとんど疑心暗鬼になって、毎回彼の言動を注意深く観察するも、どうも本当に円満なお人柄なのだと結論づけざるを得なかった。まあ私より不穏な性格をしたひとって、そうそういないのですが。

そんな彼が、わずかながら不穏さを感じさせたエピソードがある。

ある日、美容師さんがいつものように店で施術していたところ、表が騒がしくなったそうだ。なんだろうと窓から覗いてみたら、どういういきさつなのかわからぬが、小さな商店街の通りを有名プロレスラーが歩いており、それを目撃した人々が、「もしかして、◯◯さんじゃない？」と遠巻きにざわめいていたのだ。

美容師さんは中学生のころから、そのプロレスラーのことが大好きだったので、「まじか！」と何度も目をこすり、夢でも幻覚でもないと判明した瞬間、パーマ中のお客さんに、「すみません、ぼくの人生にとって非常に重大な事態が起きたので五分、いや三分、時間をください！」と断って、店から飛びだしたらしい。

「ふむふむ。それで、サインをもらえたりしたんですか？」

と聞いてみたところ、

「いえ、突然のことでなにも準備がなく……。でも、『大ファンです！』って握手してもらったんですよ！」

と、美容師さんはうっとりした目になって言った。「力強い手だったなあ。もう感激してしまって、その日はずっと足もとがふわふわしていました」

「そのときパーマ中だったお客さんは、なんて言ってました？」

「座った状態だと窓の外は見えませんから、ぼくが喜び勇んでプロレスラーに駆け寄ったことはご存じないです。澄ました顔で店に戻り、『おかげさまで、重大事は滞りなく完了しました』と申しあげ、詳しいことは聞かれなかったので、そのまま施術を再開しました」

「でも、足もとはおぼつかなかったんですよね」

「ええ、ふわっふわです。雲のうえでパーマかけてるような感じでした」
大丈夫なのか。まあ、技術はたしかなので、雲のうえでもきっちりパーマをかけられると思うが、客をほっぽりだしてプロレスラーと握手というのは、不穏なまでのプロレス愛と言えよう。ふだんは人格的に極端な部分などいっさい見せないのに、プロレスとなるとひとが変わるんだなとわかり、「彼もひとの子だったか」とやや安堵したのだった。私も好きな芸能人が道を歩いてたら、仕事など放って尾行する（それじゃストーカーだ）。

さて、美容師さんと私の共通する話題は、「町のお蕎麦屋《そばや》さん」で、近所のおいしいお店の情報を交換している。

昨今、こだわりのお蕎麦屋さんは多い。「本日は○○産の蕎麦を使用しています」と産地が明示されるのはもちろんのこと、つゆはカツオブシの香りが高く、器や内装もおしゃれな店だ。だが、美容師さんと私が愛好しているのは、昔っから近所のひとが通うような、もっと気軽な蕎麦屋である。

どこ産の蕎麦なのか不明。蕎麦つゆや丼物も、「もしやボトルのめんつゆを水で割ってるのかな」と思うほど味が濃い。柱も椅子に置かれた座布団も年月を経《へ》て煮しめたような色になり、常連のおじいさんがたいがいもろきゅうをかじりながら、昼間っから一杯やっている。でも、おいしいしくつろげる。そういう「町のお蕎麦屋さん」が好きなのだ。

美容師さんはめったに悪口など言わないひとなのだが、

「おしゃれな蕎麦屋でジャズが流れてるのは、なんでなんですかね」

と、不穏さの片鱗を見せる。「蕎麦に合うのはジャズではなく、ＮＨＫの国会中継か大相撲《おおずもう》中継だと思うんですよ」

「ぶふふ。たしかに『町のお蕎麦屋さん』では、だれも見てないのに、なぜかテレビのチャンネルがＮＨＫになってることが多いですよね」

だが、我らの愛する「町のお蕎麦屋さん」は、ご店主の高齢化などで閉店し、どんどん数が少なくなっている。美容師さんと私は嘆きあいつつ、「でも、あそこのお店は二代目が継ぎました」などと、ますますさかんに情報交換する。

おしゃれな店（蕎麦屋にかぎらず）は、最初から「おしゃれな店」としてアイデンティティを確立できる。でも、「町のお蕎麦屋さん」は、長い年月とそこに集うお客さんたちによって、少しずつ雰囲気を築きあげていった結果としての「町のお蕎麦屋さん」なのだ。開店当初から座布団が煮しめられている蕎麦屋などない。そういう貴重な憩《いこ》いの場が失われていくのは、やはりさびしいことだ。

「町のお蕎麦屋さん」のトイレはたいてい、古いけれどきれいに掃除され、一輪挿しに花が飾ってある。それがたとえ造花だったとしても、「うつくしいな」と私は思う。近所のひとたちの腹と心を満たすべく、気取らず、気負わず、「日常」として実直に商いをつづけてきた気概のようなものをそこに感じるからだろう。

カタツムリは好きです

「小さな侵入者」の項で、拙宅に侵入してくる蟻との攻防について書いた。しかし戦いは、蟻のみならずナメクジとのあいだでも勃発した。

ナメクジはさすがに室内までは侵入しない。だが雨の季節になると、きゃつらが偵察に来た痕跡がベランダに残っている。ぬめぬめと這いずった跡を示す、きらきらした粘液……。見ようによっては虹色できれいでもあるが、私は「ひぃっ」と叫び、ベランダに置いたいくつかの鉢植えをチェックする。

遅くに実ったイチゴがかじられている。いや待て、下手人《げしゅにん》はナメクジではなく鳥かもしれない。心を落ち着けて、葉っぱをめくったり鉢をどかしたりする。

すると、やっぱりいるのだ。描写するのもおぞましいが、ぷりぷりに太ったナメクジが、葉っぱや鉢の陰にでーんと居座っているのだ！　「ひいぃーっ」と絶叫し、とはいえ塩をかけて殺すのもいやなので、割り箸でつまんで紙袋に入れる。そのまま玄関を飛びだし階段を駆けおりて（拙宅は二階にある）、敷地内の生垣《いけがき》に直行。紙袋のなかからナメクジを割り箸でつまんで取りだし、生垣の根もとあたりに放す。

私もナメクジの侵攻に対して、まったくの無策だったわけではない。ベランダの排水溝を縁《ふち》取《ど》るように塩を盛ってみた（おまじないじみている）。でも、侵攻は止まらないのだ。どうもきゃつらは、建物の外壁をえっちらおっちら這いのぼってくるらしい。つまり、ナメクジをいくら生垣の根もとに放しても、時間稼ぎにしかならない。二日後ぐらいにはまた、「ひいぃーっ」→割り箸が繰り返される。

でも、ナメクジを殺戮《さつりく》することはできない。かわいいからではない。直視するのも憚《はばか》られるぐらい、私はナメクジが苦手だからだ。割り箸越しにきゃつらのぷりっとした感触が伝わってくるたび、「ひいぃぃぃーっ」ともはや声にならない悲鳴を上げているぐらいだ。

もちろん何度も、ナメクジの退治法を検索して調べようとした。けれど、検索したら絶対にナメクジの画像が出てくるだろう。それを見たくない。そのため、事態を根本的に打開するような退治法がわからぬまま、一匹ずつ割り箸でつまんで遠くに放すなどという、原始的すぎる対処方針に徹するしかないのだ。そしてまた生垣付近からベランダまで遠征してくるナメクジ軍。終わらない戦い。シジフォスの神話あるいは賽《さい》の河原の石積み的苦行。

ナメクジの習性は（調べられないので）わからないままなのだが、粘液の動線を観察した結果、やはりじめじめした場所や落ち葉の裏などを好むようだと見受けられた。私は鉢をベランダに直置きするのをなるべく避け、プラスチック製の二段式陳列台に並べることにした。また、鉢内の土に落ちた葉っぱをこまめに取り除き、枝葉もなるべく剪定《せんてい》して、とにかく梅雨の時期は植物を繁らせないように心がけた。芽がたくさんついて、これからいよいよ植物が成長しようという季節に剪定などしたくないのだが、いたしかたない。

おかげで、ナメクジが植物にくっつくのを、ある程度防げるようになった。あいかわらず朝起きると、ベランダにきゃつらの這った跡は残っているが、鉢にまで侵攻してくることはほぼなく、なんの戦果も得られないまま夜間のうちに撤退していっているもようだ。

ようし。日々偵察に来るきゃつらもマメだし律儀だが、植物の手入れにかける吾輩の情熱とマメさのほうが上まわり、無血での勝利を収めた！

一人で勝《か》ち鬨《どき》を上げていたある日、ものすごく気温が下がった。梅雨寒というやつで、冷たい雨がしとしと降っている。私はベランダに出て、スペースの問題で直置きのままにしていた鉢を持ちあげた。少しでも寒さから守るため、風が直接当たらない位置に移動させようと思ったのだ。

油断大敵とはこのこと、鉢を持ちあげたあとの受け皿にナメクジがいた。反射的に「ひいいーっ」と叫ぼうとした私は、思わずまじまじとナメクジを眺めてしまった。ナメクジは二匹いて、ちょっと身を縮め、仲良く寄り添っていた。急に寒くなったことに驚き、冷たい雨から逃れるように、そろって鉢の下にもぐりこんだのだろう。

いや、「仲良く」というのはあくまでも人間である私の主観に過ぎないが、じっと身を寄せあう二匹がなんだかけなげに感じられた。ナメクジにはナメクジの世界と生きかたがあり、仲間を仲間と認識しているのだなとしか思えぬ姿だったのだ。私ははじめてナメクジに愛らしさと美を見いだした。無闇《むやみ》に殺戮しなくてよかったと心底ホッとした。

でも、ナメクジがいる受け皿を移動させるのはいやだったので（絶対にありえないが、移動中にナメクジが受け皿から飛びだしてきたらと想像するだけで、恐怖のあまり失神してしまいそうだ）、鉢はそのままの位置にそっと下ろした。

後日、おそるおそる受け皿を確認したところ、二匹のナメクジは雨宿りを切り上げたらしく、どこかへ去っていた。「ここを家にされたらどうしよう」と気を揉んでいたので、安心した。ナメクジの習性がわからぬままだから、「もしやナメクジは、並んで身を寄り添わせることで繁殖するのでは……。私はかれらの仲良しすぎる状態というか行為を目撃してしまったのでは……」と恐ろしい疑念も湧いてきたのだが、おかげさまでいまのところ、ベランダで爆発的にナメクジが増えるということもなく、平穏は保たれている。

たまに、思い浮かべたくないのだが、受け皿にいた二匹のナメクジが思い浮かぶ。冷たい雨のなかでも、かれらはなんとなく幸せそうに身を寄せあっている。

追記：ナメクジが参戦した。群雄割拠する春秋戦国時代といった様相を呈しだした。なぜそんなに拙宅が好きなのか、虫たちをとくと問いつめたい。

オシャレな部屋への憧れ

一人暮らしの友人が引っ越しをすることになり、私も部屋探しを手伝っている。まあ「手伝う」といっても、だいたいの予算や条件を聞いておき、寝るまえにスマホでポチポチと不動産サイトを検索するぐらいのことだ。

しかし友人（女性）が提示してきた「部屋の条件」が、ゆるいんだか厳しいんだかわからない。

「駅から近いほうがいいよね」

と尋ねても、

「近いに越したことはないけど、遠くてもかまわないかな」

と漠然としたお答え。逆に友人から、「この部屋、どう思う？」と情報が送られてきたので見てみたら、見通しの悪そうな狭い道に面したアパートの一階で、よく見るとヒビの入った窓ガラスに補修テープが貼られていた。

「ダメに決まってるじゃん！　防犯的に二階以上の部屋にしたほうがいいと思うし、不動産屋さんも『とりいそぎ』ってことで写真をアップしたんだろうけど、せめて窓ガラスを入れ替えてからにしてほしいよ」

「でもほら、収納がいっぱいあるの！（うきうき）」

そう、友人は築年数も駅からの距離も防犯面もまるで気にしていないのだが、「収納」にだけは異様なこだわりを見せるのだ。大きな押し入れがふたつある部屋の情報を送っても、「これだとちょっと収納がたりないかも」と二の足を踏むのである。

なぜなら、友人は漫画と洋服が好きで、大量に保持しているからだ。どのぐらい大量かというと、六畳間の壁面をすべて天井までの本棚で埋め、さらに床全面にも漫画を腰の高さまでみっちり積みあげても、まだたりないぐらいの量だ。友人のクローゼットは見たことがないので、洋服の量は把握していないが、いつもオシャレでちょっと変わった服を着ているから、たぶん同じような状況なのだろう。

「常軌を逸している」と思われるかもしれないが、オタクとはたいがいこういうものなのである。私も漫画に関しては友人と似たり寄ったりの惨状を呈しているので、「引っ越しを機に、ちょっとは処分しては……」とは口が裂けても言えない。

そういうわけで難航する友人の部屋探し。友人はだんだん疲れてきたらしく、

「インテリア雑誌とか、部屋の収納術を教えてくれるＹｏｕＴｕｂｅの動画とかを見てると、なんだか怒りがこみあげてくるようになっちゃって」

と愚痴を吐く。「『本はこの引き出しに収めています』なんて言うんだよ？」

「本は、引き出しに収まるようなもんじゃないっ！」

「だよねえ。お洋服も、『トップスは主にこの五着を着まわしていて』とか」

「あたしは、冬はもこもこに着ぶくれたい派だ！　この冬も、もこもこした部屋着がどうしてもタンスに収まらず、畳んでソファに置くことにした。出し入れする手間が省けて、むしろ便利だっ！」

「だよねえ。でもそれじゃあ、永遠にオシャレな部屋にはならない……」

「もうインテリア雑誌や収納術の動画を見るのをやめなよ」

と私は助言した。「たしかに、ものの少ない部屋はすっきりしていて暮らしやすそうだなと思う。だからこれは負け惜しみなんだけど、見ようによってはディケンズやドストエフスキーの小説に出てくる部屋のようでもある」

「ああ、テーブルと椅子が一個ずつと、ベッドが一台、みたいな」

「そう。部屋に出没するネズミと酸っぱいパンを分けあう、みたいな」

「全然ちがうよ！　オシャレな部屋にはネズミは出ないよ！」

「うんまあ、まったくちがうんだけど、そうとでも思わないと私の心の平安が保たれない。私が思うに、オシャレな部屋に住むひとたちは、『オシャレな部屋オタク』なのだ。オタクという点では同じだが、私たちとは流派がちがう。かれらは、部屋をきちんと整えておかないと気持ちが落ち着かない。それに対して、私たちは『漫画オタク』や『洋服オタク』だから、漫画や洋服を収集し溜めこまないとそわそわしてしまうのだ。かれらと私たちは、オタクとして互いの信念を尊重することはできるが、合流合体することは決してできない流派に属しているのだ……！」

「残念すぎるお知らせだよ」

と友人はため息をついた。「私たちはどう努力しても、絶対にオシャレな部屋には住めない運命ってこと？」

「つらいけど、そういうことになるね。だって、漫画や洋服がドワーッとある部屋を見ると、どんな気持ちになる？」

「『すごいなあ！』って、うきうきわくわくして、幸せを感じる」

「でしょ？　それが私たちにお似合いの部屋ということだよ」

「しをんちゃん。今後も収納が多い倉庫みたいな部屋を探すから、手を貸して。収納たっぷりでさえあれば、ネズミと酸っぱいパンを分けあうような薄暗い部屋でもかまわない」

「ラジャ！」

私にもむろん、すっきりオシャレでネズミが出ない部屋を、「うつくしいな、いいものだな」と認識する感性はある。しかし、美と幸福がいついかなるときも併存するとはかぎらない。友人や私にとっては、「（部屋が）うつくしくなくても、幸せ」ということがあり得《う》るわけで、ひとの心や価値観とは不思議で多様なものなのだと、つくづく思い知らされるのだった。

追記：部屋探しに関して、私はまったくお役に立てないままだった。途中から、「おもしろい名前のマンションやアパート情報」を探すことに夢中になってしまったからだ。この場で実名は挙げにくいので、架空の名称にはなるが、たとえば「メゾン亀御殿」みたいな方向性である。

友人にも「メゾン亀御殿」の情報をシェアしたところ、返礼に、「不動産屋さんから聞いた、幽霊が出ると評判のアパート」の情報が送られてきた。「ボロいけど、安いし、駅から近いし、収納がいっぱいあるんだよ。今度内見しようかな」と添えてあったので、全力で止めておいた。収納につられて幽霊と同居してどうするのだ。わざわざ不動産屋さんが教えてくれるようないわくつきの物件、霊感がなくとも、フツーは避けるだろ。

そんな感じで脱線はありつつも、友人は部屋探しをつづけ、無事、先住者（霊）のいない新居に引っ越した。しかし半年ほど経っても、引っ越しはまだ完了とはいかず、漫画の大半はトランクルームにぎゅうぎゅうに詰めこんであるらしい。

「やっぱり、漫画用の部屋をべつに借りなきゃダメだと思う」

とのことで、友人を満足させるほどの収納を備えた部屋は、あまり存在しないようだ。幽霊＋収納か、平穏か。東京砂漠の選択肢、極端すぎる。

束縛(?)の天気予報

最近、道で遊んでいる子をあまり見かけなくなった。もちろん、車に轢かれでもしたらいけないので、道ではなく公園などで遊んだほうがいい。

私が子どものころは、けっこう道で遊んでいた。蠟石《ろうせき》で路面に落書きしたり、丸を連ねて描いて「けんけんぱ」をしたり、線を引いて陣取り合戦をしたり。……当時、すでに戦後三十年以上経っていたのだが、うちの近所には車が走ってなかったのか!? あまり走っていなかった。我々子どもはみんな、道を横断する形で堂々と裁縫用のゴム紐を渡し、ゴム段やらゴム跳びやらをやっていた。のどかすぎる。

道で遊ぶことがなくなったとすると、ゴム段のときに歌うさまざまな歌や、足をゴムに引っかけるいろんな技法は、もしかしたら現在の子どもたちには継承されていないのかもしれないなと思う。ゴム段の足さばきは言葉では説明しにくく、繰り返し遊んで体得するしかないものなので、特に伝承がむずかしいだろう。私もゴム段の記憶がおぼろげになってしまった。ゴム段は「幻の遊び」と化し、時間の波の彼方《かなた》に消えていくさだめなのか……。そう考えると少々せつなくもある。

道で遊んで、「そろそろ帰ろうか」というとき、私たちは必ず靴を蹴り飛ばして、「明日の天気」を占った。片足からすっぽ抜けた靴が道に転がる。靴が裏返ったら、明日は雨。横向きに立ったら、曇り。正規の向きのまま着地したら、晴れ。もっと昔は下駄で占ったそうだが、靴だとあまり横向きに立つことはなく、たいがい、明日の天気は「晴れ」か「雨」という占い結果だった。的中率がどのぐらいだったか覚えていないが、私たちは飽きることもめげることもなく、毎日、遊びを切りあげるときに靴で天気を占った。

それに比べれば、近年の天気予報はめきめきと確度が上がっている気がする。温暖化の影響か、ゲリラ豪雨をはじめ、これまでの常識が通じない天候の変化が地球規模で起きているようだが、気象予報士のみなさんの活躍と貢献には頭が下がる思いだ。テレビの「お天気コーナー」を見ていると、単に「天気と気温」だけに限らず、「花粉情報」「桜の開花予想」「明日の天候にふさわしい服装」「洗濯日和《びより》か否か」などなど、懇切丁寧に教えてくれる。

だが、ここだけの話、あまりに細かすぎる情報の数々に、私は無性に腹が立ってくることがある。「服装など、こっちで自由に判断する！」「どれだけ洗濯に適した晴天だろうと、明日は家事をしないと決めている！　放っておいてくれ！」と、一人でテレビに向かって吼《ほ》えてしまうのだ。つまり私は、心が狭いのですな。面目ない。

でも、「あまりにも正確な天気予報と、服装や洗濯についての詳しい情報」を、テレビの「お天気コーナー」や気象予報士に要求しすぎるのは、酷なんじゃないかとも思うのだ（人命にかかわるような台風情報などは、もちろん大事だが)。詳細な情報を求める気持ちの裏には、「絶対に雨に濡れたくないし、洗濯物はパリッパリに乾いてほしい＝微塵も失敗せず、効率よく生活を送りたい」という思いがひそんでいるのではあるまいか。

当然だれだって、できれば失敗はしたくないし、ただでさえ忙しい日々なのだから、寒さで風邪を引いたり洗濯物が乾かなかったりなどということなく、スムーズかつ快適に日常を過ごしたい。だから、「お天気コーナー」で提供される情報はますます細かくなるのだと思うが、私はそこから、「失敗して、ひとの足を引っぱるやつ、許すまじ」「効率を追求しつくそう」という世の中の雰囲気を勝手に感受して、なんだか息苦しく、腹が立ってくるのである。

個人的には、「傘がないなら、雨に濡れて帰ってもいいや」派だし、「洗濯物なんざ、なんなら二週間ぐらい溜めておく」派だ。私は天候などには振りまわされぬ。着たい服を着て、気が向いたときに洗濯する。花粉症だが、鼻の穴いっぱいに花粉を吸いこんでやる！　私に指図できるのは、ひたすら私のみ。「お天気コーナー」がいくら懇切丁寧な情報をくれようとも、我が魂の自由な疾走をとどめられはしないのだ……！

ま、結果として、拙宅の洗濯物は生乾きになったり、防寒と濡れ対策のために、帰宅途中のコンビニで雨合羽《あまがっぱ》を買うはめになったりするんですけどね。「お天気コーナー」の情報を素直に聞いとけばよかった。と思うも、喉もと過ぎれば熱さを忘れるで、数日後には「お天気コーナー」を見ながら、「細かすぎる！　私の行動や魂を束縛しようとするのはやめてほしい！」

と、やっぱりテレビ画面に向かって吼えるのであった。落ち着いてください、自分。べつに「お天気コーナー」は、束縛などしていませんよ。ただ親切なだけです。反省。

天気占いをし、靴がひっくり返ったにもかかわらず夕焼けを見て、「明日は晴れかなー」と友だちと言いあっていたころを思い出す。なんのための天気占いだったんだ。この程度の気楽さで、鼓動が止まるまで生きていくのみでいいのかもなと思う。失敗しても、スムーズにことが運ばないときがあっても、なにも恐れる必要はない。

翌日が晴れでも雨でも、友だちと見た夕焼けはうつくしかった。

追記：このあと二章で、「自宅にテレビがない」旨の発言が出てくる。にもかかわらず、自宅でテレビの天気予報を見て吼えているのは矛盾なのではないかと、校閲さんから名探偵のように鋭いご指摘をいただいた。説明しよう！　私は長らく（七、八年ぐらい？）テレビがない生活を送っていたのだ。二章で「テレビがない」って言ってたら、その時期に書いたエッセイなんだなと思っていただきたい。べつに清貧の思想に基づいて無テレビだったのではなく、ブラウン管のテレビデオ（なつかしい）を所持していたのだが、アパートの立地の関係上、電波を受信できなかっただけである。いまはテレビ（液晶だ）が映る。おかげさまで強風の予報が出たときは、ベランダの鉢を避難させられる。天気予報、ありがたい。

香りのうつくしさ

みなさまは入浴剤をお使いだろうか。

私の母は敏感肌なのか、草取りをしても台所用洗剤を使っても手がかぶれるらしい。万が一、入浴剤が肌に合わなかった場合、全身がかぶれることになり、「そうなったらさすがに皮膚科で患部を見せづらいじゃない」というわけで、私は親もとで暮らしているあいだ、入浴剤を入れた風呂とは無縁の生活であった。せいぜい、端午《たんご》の節句のときは菖蒲《しょうぶ》の葉が、冬至《とうじ》のときは柚子《ゆず》が湯船に入っていたぐらいだ。

そもそも私の子ども時代は、入浴剤の種類もそこまでなかった気がする。ところがいまは、ドラッグストアや雑貨屋さんでさまざまな入浴剤を買うことができる。お湯にとろみがつくもの、泡立つもの、体の芯からあったためるゲルマニウム的なもの（ゲルマニウムとはどんな物質なのか、私はよくわかっていないが）。形状も、液体だったり粒状だったり固形だったり。しかも固形の入浴剤のなかには、溶けるとかわいい動物の人形や花びらが出てきて湯に浮かぶ、といった仕掛けのあるものまである。

私の肌は頑丈だし、最近の入浴剤はますます「肌へのやさしさ」や天然素材を追究したものが増えているので、一人暮らしをするようになって二十数年、思う存分いろんな入浴剤を楽しんでいる。外出が少ない生活なのをいいことに風呂をサボりがちだから、たまの入浴は私にとって貴重なイベントだ。目一杯楽しもうと入浴剤を吟味し、熱めの湯を張った湯船に二時間ぐらいは浸《つ》かる。そのあいだ雑誌を読んだり、ジッパーつきの袋に入れたｉＰａｄで映画を見たり、リラックスしまくりだ。もちろん、お茶やコーラやコーヒーなど、気分に合わせて飲み物も風呂場に持ちこんでいるので、発汗対策も万全である。

　文字や映像を見て目が疲れたら、風呂場に並んだポインセチアの鉢を眺める。この章で前述したとおり、拙宅のなかでポインセチアの生育に一番適した環境を探し求めた結果、風呂場の床に鉢を並べるというおかしな事態と相成ったのだ。ポインセチアは私の手入れが悪いせいで、たまにすべての葉が落ちてしまい、「ただの棒」になっている時期もある。だから目の疲れをあまり癒やせないこともあるのだが、とにかく湯船からポインセチアの鉢を眺める。

　ゆったりと湯船に浸かるのは至福の時間だ。いまお気に入りなのは、友だちから教えてもらった「ヤギのミルクから作った液状の入浴剤」で、お湯が乳白色になる。甘い香りが心をなごませてくれるし、お肌もしっとりすべすべだ。うーん、いい……。狭いユニットバスだが、ハリウッドの大女優にでもなった気分を味わえる。

　だが、既製の入浴剤だけに頼っていては芸がないのではないか。べつに入浴剤に芸を求める必要などないのに、ついそう思ってしまうのが私の悪いところというか貧乏性なところで、春には道端に生えているヨモギの葉を摘み、よく洗ってから排水口用のネットに入れて湯に浮かべる。揉むとほのかにヨモギの香りはするが、道端&排水口用ネットという取りあわせがよくないのか、胸躍るような素敵な雰囲気は醸しだせなかった。

またあるときは、飾っていたバラの花が、ばらばらばらっと花びらを散らしたので（オヤジギャグではない）、拾い集めて湯船に浮かべてみた。視覚的には華やかだったが、湯船に浸かっているのはハリウッドの大女優ではなく私なので、なんだか居たたまれない気持ちになったし、少量とはいえ湯船から花びらを掬いあげて処分するのがちょっと面倒だった。

いろいろ試してみて思うのは、入浴剤で大事なのは「香り」ではないかということだ。どぎつくなく、湯気とともにほんわりと立ちのぼる甘い香りが、心身をリラックスさせ、大女優気分へとひとを導いてくれる気がする。バラの花びらはきれいなのだが、咲いているときのような香りは立ちのぼらないので、没入度が低いというか、「ハリウッドの大女優でもないくせに、私はいったいなにを……」と我に返ってしまったのだと思われる。

そう考えると、「湯船に柚子を入れてみよう」と思いついた昔のひとは天才だ。しなびてしまったミカンを入れてみたこともあるのだが、やはり柚子の香り高さにはかなわなかった。柚子の香りによって、体が芯からあたたまる感じがする。「おいしい鍋を食べたいな」と食欲もかき立てられますしね。今年の冬至も柚子湯に入ろうと、いまから楽しみである。

もうひとつ思ったのが、香りに対する形容に「うつくしい」をあまり使わないのは、なぜなんだろうということだ。視覚的なことのみならず、心根などに対しても「うつくしい」と言うのに、不思議だ。心根は言動に表れるが、香りはどこまで行っても目には見えないから、「うつくしい」とは形容しないのだろうか。

でもやっぱり、「うつくしい香り」はある。入浴剤のおかげで心身ともに解きほぐされるたび、そう思うのだった。

諦めの空中戦

これまで、部屋に侵入してくる蟻や、ベランダの鉢植えを狙うナメクジとの戦いについて書いてきた。だが私にも学習能力というものがある。梅雨に入るまえあたりから、やつらの進撃を止める工夫をほどこしておくようになった。具体的には、窓の外に蟻よけの粉を撒いたり、ベランダの隅に害虫駆除の毒餌を設置したりといったことだ。

毒餌は小さなケースに入っており、たまに内部を確認するも、餌が食べられている形跡はない。「ご馳走の存在に気づけていないのでは？」と疑いを抱いていたのだが、梅雨が明けて夏になっても、蟻やナメクジが大進撃してくる気配はなかった。もちろん、たまにベランダでやつらの姿を見かけることはあるが、偵察要員なのか一、二匹だし、「なんか危険な香りがするから、近づかないでおこう」とばかりに、そそくさと外壁づたいに地面のほうへ下りていく。やはり、備えあれば憂いなし。事前に張りめぐらせておいた防衛線が効力を発揮したようだ。

我が軍の全面勝利！　と言いたいところだが、実は私は春先から、虫以外の外敵にも悩まされていた。鳥である。ベランダにはイチゴの鉢植えがあり、実がなる端からナメクジに食われていたことは、以前にも報告した。だが、下手人はほかにもいて、カラスやヒヨドリに実をつつかれまくりなのだ。

虫はほぼ撃退できたものの、上空から攻めこんでくる鳥には、どう対処すればいいのか。あわあわと手をこまねいているうちに、さらにいろんな鳥が拙宅のベランダに襲来するようになった。

原因は「フェイジョア」だ。これは南米原産のフトモモ科の木で、常緑樹だし赤くてかわいい花をつけるので、目を楽しませてくれるかなと、ちょっと大きめの鉢植えをベランダに置くことにした。フェイジョアは私の期待に応え、あたたかい季節になると、たくさんの花を咲かせた。

同時に、早朝のベランダから鳥の鳴き声が聞こえてくるようになったのだ。「うるさいなあ」と眠い目をこすりながら起きだし、様子を見にいったら、ヒヨドリのつがいがフェイジョアの花をくちばしでむしっていた。「こらー！」とまろびでて追い払う。

しかし翌日の早朝、今度は鳥の合唱で目が覚めた。ムクドリが五羽ぐらいやってきて、花を味わっている。「こらー！」と追い払っても、またすぐに戻ってくる。五分のあいだに五回ぐらい「こらー！」を繰り返すも、うちのベランダを食堂だと認識してしまったのか、ちょっと目を離した隙にむしゃむしゃ食べる。満腹したムクドリが去ると（無銭飲食）、今度はオナガまで来店した。

鳥があまりにもフェイジョアの花に食いつくので、「そんなにおいしいのかな」と私も花びらをかじってみたところ、ほんのり甘かった。なるほど、これは人気の食堂になるわけだ。もういいや、好きなだけ食べていってくれ。鳥がつついたおかげで、フェイジョアが受粉して実をつけるかもしれないし。

結論として、実はならなかった。フェイジョアは自家受粉だと実がなりにくく、べつの品種がもう一本ないといけないそうだ。食べられ損！

フェイジョア食堂が繁盛していたそのころ、拙宅の建物の敷地内において、またべつの戦いが繰り広げられていた。敷地内にはブルーベリーの木があり、いっぱい実をつける。通りすがりに、色づいた実を食べるのが楽しみだったのだが、今年はいつまで経っても熟さないなと思っていた。

すると、隣に住む老婦人から情報がもたらされた。大型のインコの群れ（野生化したらしい）が毎朝やってきては、色づいた実を食べているのだそうだ。ブルーベリーは熟さなかったのではなく、熟した瞬間にインコに食われていたのである。老婦人が「こらー！」と追い払おうとしても、インコはひるまず食べつづけるので、「もう疲れた」とのことだった。私も散歩中などにインコの群れをしばしば目撃していたが、くちばしが赤く、尾は鮮やかな青、それ以外の部位は澄んだ緑色の、きれいな鳥である。にもかかわらず、人間に諦めをもたらすほどの旺盛な食欲。

鳥の猛攻を防ぐ手立てはない。ただ季節が過ぎゆくのを待つのみ……。

秋になったいま、目ぼしい花や実がなくなったからか、拙宅のベランダおよび敷地内は少し落ち着きを取り戻した（代わりに、ご近所の柿の実が猛攻を受けそうな気配だ）。そうなってみると、ちょっとさびしい。私は鳥を眺めるのがけっこう好きなんだなと気づく。電線にとまって、いつまでもいつまでも互いの羽づくろいをしあうカラスのつがい。さかんにさえずってなにやら主張していたのに、枝のうえでのポジション取りがうまくいくと、スンッとおとなしくなるムクドリの群れ。恐竜時代のなごりか、薄い青灰色《せいかいしょく》の立派な尾をぴんとのばして滑空するオナガ。食欲無尽蔵で振る舞いが傍若無人ではあるが、鳥類とはなんとも愛らしくうつくしい生き物だなあと思うのだ。

追記：鳥まで参戦し、戦域が三次元に拡大した。ただでさえ立体に弱い私は為す術もなく、「あわわ、あわわ」といたずらにベランダで暴れるばかりだ。そんな私のかたわらをかすめて、フェイジョアの枝にとまるハト。きみ、鳥のなかでは体重ありそうだから、そこにとまるのやめてくれんか（フェイジョアの枝は細く折れやすい）。

　蟻の猛攻が止まったのは、実は植木屋さんのお手柄が大きい。ある日、敷地内で植木屋さんが木の剪定をしてくれてるなと思っていたら、「うおっ」という声が聞こえてきた。どうしたんだろうと窓からふと覗くと、ちょうど拙宅のベランダの下あたりで、建物の外壁付近の地面をしゃがんで眺めている。またちょっとしてから様子を見てみたら、今度はトラックの荷台から取ってきたと思しき殺虫剤のノズルを地面にぶっ刺して、ブシューッと噴射していた。

植木屋さんが帰ったあと、通りすがりに該当の場所をさりげなく確認すると、繁っていた草がさっぱりと刈り取られ、地面は念入りに踏み固められていた。もしや、ここに蟻の巣があったのでは？

推測どおり、以来、蟻軍団はまるで姿を見せなくなったのである。たまに数匹がベランダにやってきても、防衛線を越えて室内に侵入してくることはない。ありがとう、植木屋さん！　ありがとう、殺虫剤＆蟻よけの粉＆毒餌を作ってる会社のひと！

しかし、植木屋さんの攻撃を耐え、生きのびた蟻が数匹いるというのが気になるところだ。数匹いたら数百匹いると思え、というのが虫界の常識（たぶん）。やつらは着々と子孫繁栄し、ひそかに陣営を立て直しているにちがいない。

どこだ、今度はどこに巣を作っている……？　地面にばかり目を向けていたら、ヒヨドリが隙をついて飛来し、フェイジョアの花を盛大にむしり散らかしていった。

もういやだ。勝てる気がしない。拙宅を虫と鳥に明け渡す日も近そうだ。

軒並み角刈り

私には立体物がわからない。そのため、前述したがスイカや野菜を思いどおりの形に切ることができない。櫛切りにしたかったタマネギは、繊維の方向を読み誤ってバラバラに分解されていく。人間フードプロセッサー。

すだちなどの小さい柑橘類も鬼門で、冷凍庫で丸ごと保存しているのだが、霜がついていてヘタの位置がよく見えないときがある（老眼も影響している）。勘に任せて、「ここだ！」とカチンコチンに凍ったすだちに包丁を入れるも、房の真ん中で両断したかったのに、房に沿って切ってしまい、搾《しぼ》りにくいすだちと化す。しょうがないから房を指で揉んで、汁を料理に垂らす。なんのために包丁を使ったんだ。溶けるのを待って、拳の力で握りつぶせばよかったのではないか。原始人の料理。うっほうっほ。

しかしまあ、立体物をうまく把握できなくても、日常生活を送るのにそれほど支障はない。たしかに、野菜類はすべてみじん切り（もしくは圧搾《あっさく》）で対処せざるを得ない傾向にあるが、胃袋に入ってしまえば形状など些《さ》細《さい》なことだし、おいしくいただいているので無問題だ。

と思っていたのだが……、このたび、立体物オンチゆえの弊害を発見した。「植木の剪定が下手くそ」である。

拙宅の玄関先には、シマトネリコの鉢植えがある。小さな緑の葉っぱをたくさんつける、かわいらしい木だ。常緑樹だから、一年じゅう青々として目を楽しませてくれるし、頑丈なので、冬でも外に置きっぱなしで大丈夫だ。手がかからない、いい子だなあと、私は安心してシマトネリコに門番役を託していたのだが、ある日、気づいた。

なんだか玄関を出入りしにくくなっている……！

シマトネリコは頑丈ゆえにぐんぐん枝をのばし、いつのまにか大きくなっていたのだ。太って場所ふさぎになった門番に、ドアを通るたびに額をはたかれる状態だ。

さっそくシマトネリコの剪定法をネットで調べてみたところ、「どの季節でも、どこを切ってもかまわない」とのこと。どんだけ頑丈なんだ、シマトネリコ。まあいい、それなら遠慮は無用と、私は剪定バサミを手に、巨大化したシマトネリコに挑んだ。

壁に面した枝は短く刈りこみ、てっぺんは私の手が届く高さにそろえて……。幹に近い枝も、日が当たりやすいように少し密度を下げよう。でも、全体としては丸みを帯びた形にしたいな。いろんな角度からシマトネリコを眺めては、枝をチョキチョキと切り落としていく。だが、立体感覚が欠如した身の悲しさ。どの枝を切れば丸っこい樹形になるのかよくわからず、「あれー、変だな」とあちこちにハサミを入れるうち、とんでもなく不恰好になってしまった。

三分の二ぐらいのサイズに縮んだうえに、「寝癖の激しい門番」と化したシマトネリコ。これが人間の男子だったら、「ふざけんなよ、おふくろ！　こんな髪形じゃ恥ずかしくて学校に行けねえよ！」と、グレて家出するところだ。シマトネリコが鏡を見る習慣のない植物でよかった。

　とりあえず、

「あー、その、さっぱりした姿になったよ。精悍《せいかん》さが増したというか、うん」

とフォローを入れ、そそくさと室内に入る。

「角刈りなのに寝癖が激しい」みたいな、なんかよくわかんない髪形（？）にしちゃって、すまん、シマトネリコ！

　剪定しすぎたせいで、シマトネリコが枯れてしまうのではないかと心配でならなかったのだが、しばらくしたら枝先に新芽がいっぱい出てきた。が、頑丈……。グレて家出した息子が電車内でお年寄りに席を譲っているところを目撃、ぐらいに感激し、

「本当に、なんていい子なの！」

と、シマトネリコをおおいに褒めたのだった。シマトネリコは寒空に新たな枝をのばしながら、「よせやい、おふくろ。あと、まじで剪定バサミはしまってくれ。俺は今後、理髪店に行くことにする」と言いたげであった。

　今回の件で、つくづく思った。植木屋さんは偉大だ。生垣とか、どうしてあんなに丈をそろえて、うつくしくまろやかなカーブに整えられるの？　たまに、動物の形に刈りこまれた木を

見かけることがあるが、もはや神業《かみわざ》としか思えない。植木屋さんは、野菜を切るのもお茶の子さいさいにちがいない。あ、それでいくとコックさんにも、ニンジンなどで鳳凰《ほうおう》を作ったりするひとがいるな。みなさん、立体物への感度が高いのだろう。

あたたかくなったら、鉢植えのフェイジョアを剪定しなければならない。フェイジョアはシマトネリコとちがい、切るポイントがあるらしいので難易度が高い。私はいま、ＹｏｕＴｕｂｅでフェイジョアを剪定する動画をいろいろ見て、イメージトレーニングに励んでいる。しかし私の力量で、動画という二次元で学んだことを、三次元に存在するフェイジョアという立体物に応用できるのか……。きわめて心もとない。

拙宅のベランダで、フェイジョアが冬の風に吹かれて枝を揺らしている。角刈りの予感に震えているのかもしれない。

かなしい花

拙宅の敷地内に、ヒヨドリのお墓がある。

夏のある朝、涼しいうちにスーパーへ買い物にいこうと玄関を出た私は、敷地内の通路に鳥がいることに気づいた。近づいてもピーピー鳴くばかりで、ちっとも飛ぼうとしない。様子が変だぞと思い、おそるおそるかたわらにしゃがんでよく見てみたら、どうやらヒヨドリの雛《ひな》らしい。成鳥とほとんど変わらぬサイズだが、なんとなく丸っこく、全身の羽がぽよぽよしている。

こりゃ一大事だ。巣から落ちたのだろうかとあたりを見まわしてみるも、それらしい木は近くにない。とりあえず保護したほうがいいのかと手をのばしてみたところ、雛は激しくピーピー鳴きながら茂みに入っていってしまった。逃げる雛がお尻を向けたため、一瞬見えたのだが、どうも尾羽と左の翼が傷ついているような……?

怪我をしているのか否か確信は持てなかったが、なにか手を打たなければ。私はスマホを取りだし、「ヒヨドリ　雛　落ちてる　どうすれば」といった旨、グーグル先生におうかがいを立てた。先生の回答は、「野鳥を無闇に保護してはいけません。ヒヨドリの雛は、巣立ちに失敗しているように見えて、実は親鳥が近くにおり、餌を与えつつ飛ぶ練習をしていることが多いです。人間がいると親鳥が近づいてこられません」というようなものだった。

な、なんと！　よかった、私がどんくさいおかげで、雛の捕獲に失敗して。私は買い物にいくのも忘れ、急いで家のなかに引っこんだ。窓からじっと茂みを観察する。

そういえば、以前もスズメの雛が敷地内をよちよち歩いており、どうしたものかと案じていたら、親スズメが頻繁に餌を与えにきて、雛も無事に飛べるようになったのか、翌日にはいなくなっていたことがあった。きっとヒヨドリも同じように、ちょっとせっかちに巣から出る↓しかし、しばらくはうまく飛べない、という習性なのだろう。

窓からの観察を続行していたところ、ヒヨドリの雛は茂みから出て、またピーピー鳴いている。呼応するように、親鳥らしきヒヨドリの鳴き声が屋根のほうから聞こえてきた。

よし！　と思ったのだが、待てど暮らせど、親が餌を与えにこないじゃないかーい！　雛もまったく飛ぶ気配がないどころか、心なしか鳴き声が小さくなっている。どうなってるんだ、やはり怪我をしているのか？

保護しちゃいけない、と言ってる場合ではない。私は「ヒヨドリ　親　見当たらない　どうすれば」といった旨、またもグーグル先生におうかがいを立てた。すると、「雛がどうしても衰弱してしまいそうなときには、ミールワーム（餌用の幼虫）や、緊急の栄養補給にスポーツドリンクを薄めたものを与えましょう」という回答だった。

それを早く言えーい！　しかし、手ごろな幼虫など保持していないし、こういうときにかぎってスポーツドリンクもない。ええい、砂糖水でいいだろう。私は超特急でマグカップに砂糖水を作り、「いや、冷たいとびっくりしちゃうかな」と思って、レンジで数秒チンして人肌（鳥肌？）程度にあたため、「待てよ、鳥はマグカップから砂糖水を飲めないんじゃないか？」と思い至り（落ち着け）、割り箸の先端に丸めたティッシュを輪ゴムでくくりつけて、即席のスポンジ兼スポイトの代用品をこしらえた。

　マグカップを手に敷地内の通路に駆けつけたところ、雛が見当たらない。飛び立ってくれたのかと思ったのだが、茂みを覗いてみたら、嗚呼《ああ》……。雛は横倒しになって、荒く呼吸していた。必死にくちばしをぱくぱくさせ、なおも親鳥を呼ぼうとしているようだったが、もう声は出ていなかった。

　そんなに時間は経っていないのに、あっというまに弱ってしまった。もっと早く、虫でもなんでも捕まえて与えてあげればよかった。私は砂糖水に浸したティッシュつき割り箸で、雛のくちばしをちょんちょんと湿らせてみた。でも、もう水滴を飲みこむ力も残っていないようで、呼吸が静かになり、やがてまん丸の目が膜が張ったように白く濁っていった。

　雛はすぐにカチンコチンになった（体が小さいから、死後硬直も速いのだろう）。私は軍手をはめた手で雛をそっと掬いあげ、白い百合が群生している（勝手に生えてきた）敷地内の一角に埋葬した。雛の尾羽と左の翼は、やはり折れたかむしられたかしたようだった。風の強い日だったので、おぼつかない飛行の際にどこかに打ちつけられたのかもしれないし、猫にでもやられたのかもしれない。

最後まで全身で生きようとしていた姿を思うと、もっとなにかしてあげられたのではと後悔で胸が痛んだ。百合がうつくしく咲き誇っているのが、かなしくも、せめてもの慰めであった。土の下で眠る雛にとっても、そうであればいいのだが。

冬になったいま、百合はすべて枯れた。でも、次の夏にはまた、お墓のそばで咲くだろう。私はそのときを待ち遠しく思いながら、敷地内の一角を通りかかるたび、ヒヨドリの雛に手を合わせるのだった。

2章 あなたと旅をするならば

忘れがたきご亭主

友人と伊豆に泊まりにいった。民宿と旅館の中間ぐらいの、家族経営の小さなお宿だ。目のまえにはこぢんまりした漁港と悠然たる太平洋というロケーション。そのため、お宿の売りは新鮮なお刺身だそうで、「楽しみだねぇ」と友人と私はうきうきした。

しかし、お宿のご亭主が少々変わったひとだった。むちゃくちゃせっかちで、基本的にひとの話を聞いていない。チェックインのときからして、館内の説明などはなにもなく、

「息子がやったイセエビがあるんだけど、オプションで夕飯につけない？」

といきなり勧めてきた。息子がやった、とは……？　仕留めたという意味なのだろうか。そこんところを詳しく聞きたかったのだが、立て板に水のごとく、

「一尾二千五百円！　二人で食べるとちょうどいいよ」

とぐいぐい推され、友人も私もエビが大好物なので、

「わかりました。息子さんがやったイセエビをオプションでお願いします」

とうなずくほかなかった。

ちなみに、町営の露天風呂へ行く際も、ご亭主は雪駄《せった》を用意してくれており、

「だめだだめだ！　せっかくなら温泉気分を味わったほうがいいから、雪駄を履いていきなさい！」
と、友人は靴下を剝ぎ取られていた。返す刀でご亭主は私の靴下も剝ぎ取ろうとしたのだが、
「この靴下は足袋《たび》状のものなので大丈夫です！」
と、必死に足の指をチョキチョキさせてみせて、なんとか納得してもらえた。親切かつもてなしの心にあふれたご亭主だということは十二分に伝わってきたが、とにかくもうちょっと落ち着いてひとの話を聞いてほしい、と友人と私は笑いを嚙み殺しつつ思った。

海に面した豪快な露天風呂を満喫し、お宿に戻った友人と私は、うつくしい夕焼けを堪能しながら、部屋の窓辺に腰かけておしゃべりしていた。館内には夕飯のいいにおいが漂いだしている。すると、眼下のエントランスからご亭主が道に出てきたのが見えた。

夕飯の準備で忙しい時間帯だろうに、いったいどうした……？　と注視していたところ、ご亭主は海と夕焼けをうっとり眺めたのち、おもむろにガードレールに両手をつき、猛然と腕立て伏せをはじめた。暇なのか!?　友人と私が窓辺で爆笑したのは言うまでもない。腕立て伏せを終えると、ご亭主はまたうっとりと海と夕焼けを眺め、何食わぬ顔で館内に戻っていった。あとで聞いたところ、お料理を担当しているのは奥さんなのだそうだ。やはり暇だったか……。

夕飯にはドーンと舟盛りが部屋に運ばれてきて、地のものの刺身はどれもとろけるようにおいしく、ほかのお料理も手がこんでいてサイコーだった。友人と私は夢中で食べ、地酒を飲ん

だ。友人は途中でトイレに行ったのだが、入れ替わるように、なんの前触れもなく部屋のドアがドカーンと開いた。ご亭主がイセエビのおつくりの載った皿をうやうやしく両手で捧げ、室内に乱入してきたのだ。

私はびっくりして、座ったままの姿勢で座布団から二十センチぐらい飛びあがった。ご亭主は私の驚きには頓着せず、室内を見まわして、

「あれ？　もう一人の子は？」

と言った。

「あの、いまトイレに……」

「ええ!?　もしかしてこんな夜に、一人で海を見にいっちゃったの!?」

ご亭主はやっぱりひとの話を聞かず、皿を捧げたまま心配そうに室内をうろうろしはじめた。息子がやったイセエビは新鮮なので、おつくりになってもまだ、うねうねとヒゲを動かしている。うろうろするご亭主、うねうねするイセエビ。あまりにシュールすぎる光景に「あわわ」と呼吸困難になり、

「いえあの、トイレ、トイレなんで、どうかご亭主、落ち着いて……」

と懸命に伝えようとするも、笑いの発作が起きてひーひー身もだえるしかなかった。

そこへトイレから戻った友人は、うろうろするご亭主、うねうねするイセエビ、ひーひーする私を見て、状況を察したのだろう。神妙な顔つきで座布団に座り、

「どうもタイミングが悪かったようで、すみません。おいしそうなイセエビですね！」と場を取りなした。ご亭主はホッとしたように、

「あんた、一人で海に行っちゃったのかと思ったよー。どこにいたの（だからトイレだってば）。さあ、食べて食べて！」

　とイセエビの皿を座卓に置いた。「三千円のイセエビにしといたから！」

……ん？　それはサービスで、大きめのイセエビにしてくれたということ？　それとも、いつのまにか三千円サイズのイセエビに変更されたということ？　しかし、質問しても答えは返ってこないと友人も私ももう学んでいたので、「ありがとうございます」と言うにとどめた。イセエビはものすごくおいしかった。

　その日はちょうど満月だったので、夕飯を終えてからは部屋を暗くして、窓辺で酒を飲んだ。雲が切れると月の光で海面が白く輝く。照明がいらないほど明るい。なんてきれいなんだろう。毎日、ここで暮らしているご亭主が、それでも海と夕焼けをうっとり眺めずにはいられない気持ちがわかる気がした。

　チェックアウトのとき、明細には「イセエビ　二千五百円」と記されていた。エントランスから出て笑顔で見送ってくれるご亭主に、「また来ます」と笑顔で手を振り返した。

流される旅

行きたいところへぷらりと出かける旅もいいが、仕事絡みで旅をするのも楽しいものだなと思うようになった。

自分の好みや興味の赴《おもむ》くままに旅先を選んでいると、私の場合どうしても「温泉」「遺跡」「博物館」とかばかりになってしまうのだが、仕事で「ここへ行って取材してきてください」というケースだと、「え、なんで……」と言う暇もなく知らない場所に放りこまれる。しかしそれゆえ、予備知識がないままに目に映る風景、人々との出会いが、とてもおもしろく刺激的なのだ。

もう二十年近くまえになろうか、仕事でインドネシアのバリ島へ行った。バリ島の山や森をトレッキングする様子が、テレビ番組になる。私はテレビからのご依頼は基本的にお断りしているし、飛行機が苦手なので海外へなんて行けないし、そもそも究極のインドア派で山登りなど絶対にしたくない。にもかかわらず、なぜかあれよあれよというまにバリ島に行くことになったのである。

本当に気が重かったのだが、番組を制作するスタッフのみなさんも、現地のコーディネーターのかたたちも、すごく愉快でいいひとばかりで、結果的にむちゃくちゃ楽しかった。特に、ガイドとしてついてくださったサスミカさんという男性が、穏やかで優しく微妙にいいかげんという最高なお人柄で、非常に馬が合った。カメラがまわっていないときも、ずっとおしゃべりし、私はサスミカさんからバリ島での暮らしや風習についていろいろ教えていただいた（サスミカさんは日本語が堪能なのだ）。

バリ島はヒンズー教徒のかたが多い。多神教文化圏だからなのか、日本の風習と似ているところがけっこうあるなと感じた。たとえば田んぼのあぜ道に、ヒンズー教の神さまの小さな祠《ほこら》や石像があり、近所のひとが日常的にお花やお菓子などをお供えしている。なるほど、お地蔵さんみたいなものかなと思った。

また、神聖な山に登るまえは、ヒンズー教の寺院にお参りし、お祓《はら》いのようなものを受けなければならない。サスミカさんは申し訳なさそうに小声で、「お生理のときは山には登れません……」と注意喚起してくれた。なるほどと思い、「わかりました、大丈夫です。そしてサスミカさん、『生理』には『お』をつけなくても大丈夫です」と答えた。しかしサスミカさんはその後もやはり、「昔からの決まりで、お生理のときは……」とすまなそうに説明するのだった。あんなに生理に敬意（？）を表するひとははじめて見た。

ちなみにバリ島の伝統的な舞踊をする女性たちも、生理中は神さまへの奉納の舞いをお休みするのだそうだ。私自身は生理を「ケガレ」とは思わないが、バリ島のひとたちが生活のなかでつづけてきた習慣や決まりごとを強引に破りたいとももちろん思わない。

結局、バリ島に二週間ほどいたが、ひたすら山を歩く日がつづき、海には一回も入らなかった。でも、サスミカさんと寺院を見物したり、値引き交渉を手伝ってもらって市場で買い物したりと、とても楽しい時間を過ごした。


ふだんはあまり意識しないが、日本にも「山に入ってはいけない日」があるそうだ。林業の取材をしているとき、山仕事に従事する男性たちから教えてもらった。その日は、山の神さまが木を数える日なので、人間は（性別を問わず）山には踏み入らない。その決まりごとを破ると、事故が起きたりすると信じられていて、いまでも山仕事はお休みする。

私は三重県尾鷲《おわせ》市で取材をさせてもらったのだが、おっちゃんたちはみなさん気がよくフレンドリーなかたたちで、毎晩飲み会が開催された。それって取材……なのかな……。楽しくて飲みすぎ、昼間は二日酔いに苦しみながら山や材木市場に案内していただいたのだが、おっちゃんたちは元気！　早朝から黙々と山で仕事を開始しているのであった。

たぶん、山仕事は危険が伴うものだからこそ、チームワークを重視し、それが外部から来たものにも応用されて、ユーモアとフレンドリーさで懐《ふところ》深く迎え入れてくださる態度につながっているのだろう。尾鷲のかたたちとは、その後もたまに連絡を取りあい、東京に遊びにこられたときは一緒に飲み（また飲んでる……）、尾鷲に遊びにいっては川や海や那智《なち》大社《たいしゃ》に連れていっていただいたりしている。

尾鷲はヒノキを植林した山もすごいが、海も豊かで、とてもおいしい魚が獲れる。林業関係者のなかには、日が暮れるまで山で仕事をし、夕方からは海へ行って、岩壁でイカを釣ったり船を出して夜釣りをしたりという猛者《もさ》もいる。山と海でひたすらに躍動しており、小学生男子の夏休みが永遠につづいてる、みたいな毎日だ。

当然ながら、川遊びにも詳しい。尾鷲は山の手入れが行き届いていることもあって、川の水が澄んでいる。夏は川で泳ぐのだが、おっちゃんたちはぬかりなく鮎《あゆ》を仕入れてきて、河原で手際よく焚き火をおこし、串刺しにして焼く。「焼けるまで泳いでくるとええ」とのお言葉に甘え、私は川に向かおうとしたのだが、日ごろの不摂生がたたり、河原の石が足ツボを刺激しまくって痛い。するとおっちゃんたちは、「そんなん、ビーサンを履いたまま川に入って、泳ぐときは手にはめればええんや。流れついたさきで、またビーサンを履く」とアドバイスをくれた。な、なるほど……！　言われたとおりにしてみたら、手にはめたビーサンが水かきがわりになり、大変泳ぎやすい。おっちゃんたちの知恵に感心しながら、ドーッと流されては河原を歩いて上流に戻り、また流され、という遊びを繰り返す。

とはいえ、川の水はプールに比べるとずっと冷たく、水量や水流も決して一定ではないから要注意だ。急に水量が増したぞ、と思った次の瞬間、遊んでいた見知らぬ男の子（小学生）が足を取られて流されはじめた。はわわ、と動揺していたら、ちょうど河童《かっぱ》のように泳いでいた林業関係者の一人が、事態を察知してがっちりキャッチ。男の子を水のなかから掬いあげ、ことなきを得たのだった。なんなの、そのたくましさと運動神経。惚《ほ》れてまうやろ。

泳いだあとは、みんなで焼きたての鮎をおいしく食べ、ビールを飲んだ。「大人になるってのは、ええもんやのう」「川遊びのあとは、これがないとな」と、おっちゃんたちは水のようにビールを飲んでいた。さっきまで子どもみたいにキャッキャと水と戯れていたのに（ついでに人助けもしたのに）、そんなことは忘れてしまったようだ。なんだろう、天国みたいに楽しい夏だな、と思った。


こういう調子で、仕事でいろんな場所へ行き、そのおかげでさまざまな出会いがあった。自分で行き先を決めた旅ではないからこそ、思いがけない経験ができ、深い交流も生まれるような気がする。もともと、旅は予想外の出来事の連続だと思うが、「あそこに行ってみよう」と主体的に決めるのではない取材旅行の場合、旅の醍醐味を煮詰めた感じになるというか。

なにしろ取材相手の都合や意向が一番大切だから、「それだったら、俺の知りあいのほうが詳しい」と予定になかった場所へ連れていってもらったり、「今日は天気が悪いから観光しよう」と突然仕事が中止になったりと、まさに川遊びのごとく「流されるがまま」なのだ。でも、そこがスリリングでおもしろいとも言える。

旅を終えていつも思うのは、「やっぱりだれかと出会いたいから、旅に出るんだな」ということだ。きれいな景色も、荘厳な寺院ももちろん素晴らしい。でもそれだけでは、私はここまで感動はしないだろうし、旅の記憶も鮮明に定着はしなかっただろうなと思う。一緒に景色や寺院を見たひと、親切にしてくれたひと。出会ったひとたちのことをすごく好きになったから、その旅が印象深いものになった。そしてまた、旅に出たいと思えるのだ。

　明日からは仙台と山形に行く。年に一度ほど仕事でお邪魔しているのだが、これもやはり、仕事だということを忘れて、うきうきしてしまう。顔見知りになったかたたちと再会できるからだ。たいがいは冬に行くので、今回は町の夏の表情を見られるのも楽しみでならない。

　山形の冬は特に雪深く、しかしみなさん慣れておられるので、私だけ妙に着ぶくれていて、「厚着だね」といつも笑われる。雪道をすべらずに歩くコツを教えてもらったり、あたたかい部屋で一緒に鍋をつついたりする。

　どこへ行っても、その土地に根ざした習慣や知恵があり、人々は力を合わせて、基本的には楽しく仲良く暮らしている。そこに優しく迎え入れてもらったように、私も外部からの訪問者に対して、常に心を開いていたいなと念じている。

勝手に三重県観光案内

梅雨明けしてすぐ、四日間ほど三重県へ出張した。屋外で長時間過ごす必要があったので、日焼け対策を万全にして臨む。

服から出る部分の肌に、まずは液状の日焼け止めを塗る。次に、日焼け止め効果のある下地クリームを顔面に塗る。最後に、スプレータイプの日焼け止めを顔、腕、手と足の甲に噴射。そのあと仮面なみに化粧を施し、手ぬぐいでほっかむりして、ようやく外出の準備が完成だ。

動作がのろいうえに、ただごとならぬ表面積を誇る身なので、毎朝の日焼け対策に異様に時間がかかる。広大な田んぼをまえに、「日焼け止め」という名の苗を持ってたたずむかのような思いがしたことだ。この田植え、なかなか終わらんよ……。出張中は連日、通常より一時間も早起きしなければならなかった。

ここまで何層にも日焼け止めを塗り重ねると、皮膚呼吸しにくい感じがする。油膜が張ってしまいテラついた田んぼ。そこから必死に顔を出して口をパクつかせる鯉《こい》。たとえるなら、私は田んぼであると同時に鯉であった。

とはいえ、やはり都会とは暑さの質がちがう。日射しは強いが、モワッと籠もるような蒸し暑さはない。木陰に入れば一息つけるし、朝夕は涼しい。流れる澄んだ川、緑濃い木々の葉ずれに囲まれていると、「ま、多少暑くてもいいか。夏だもの！」と前向きな気分になる。

もちろん地元のひとにとっては、山や川など見慣れた存在すぎて、清涼剤にはならない。私は祖父母の墓参りをするため、出張の途中でおじ（三重県在住）と一時合流したのだが、おじは山にも川にも目もくれず、

「あかんな。この暑さはあかん。今夜はビール飲まなあかん」

と、日も高いうちから主張していた。論点が「暑さ」から「ビール」へと微妙にスライドしている気がするが……。おじさん、糖尿なのにアルコールを摂取しちゃって大丈夫なのか？

今年（二〇一三年）は伊勢《いせ》神宮《じんぐう》の遷宮《せんぐう》が行われるので、三重県は盛りあがっている。しかし、あるアンケート調査で、「伊勢神宮が三重県にあるとは知らなかった」という回答がかなりあったとかで、三重県民はしょんぼりもしているらしい。

三重県の（特に伊勢神宮以外の）存在感の薄さは、なんなのだ。私は父の出身が三重県で、親戚も住んでいるため、子どものころから馴染みがあるのだが、全国的にはわりと「地味」な県のほうに割り振られているらしい。三重県民も、もはやそれを自虐ネタにしている感があり、「まあしょうがない」と鷹揚《おうよう》に構えている。

だが、三重県には伊勢神宮だけでなく、見どころもおいしいものもいっぱいあるのだ！

勝手に義憤にかられた私は、この場を借りて三重県アピールを敢行することにした。

東京をはじめとする関東近辺の住人にとって、三重県にいまいち馴染みがないのは、ずばり「行くのに時間がかかる」からだろう。三重県には新幹線が通っていないし、飛行機も飛んでいない。さらに、紀伊半島はでかい。名古屋までは新幹線で行くとして、そこからさきが長いのだ。

私は三重県のなかでも尾鷲市をおすすめしたいと思っているのだが、紀伊半島の南に位置する尾鷲までは、東京駅からだと電車を乗り継いで四時間半から五時間かかる。距離的にはもっと離れた博多だって、羽田空港で飛行機に乗ってしまえば、二時間弱で着くというのに……。だが、紀伊半島の南側は、時間をかけて行くだけの魅力にあふれている。私は林業の取材で尾鷲のかたがたにお世話になって以来、今回で訪れるのは四回目なのだが、とにかく魚がおいしい！

複雑な海岸線沿いをドライブすれば、太平洋を一望できるし、海の近くまで迫った山はヒノキが植林されてうつくしい。山の手入れが行き届いているので、川もとてつもなく澄んでいます。おいしい刺身を肴《さかな》に、尾鷲のおっちゃんたちとしこたま飲んでしまった。

尾鷲から電車か車でちょいと足をのばせば、お隣は熊野市である（熊野市は和歌山県ではなく、三重県です！）。

熊野市がまた、観光ポイント満載。世界遺産にも登録された「七里《しちり》御《み》浜《はま》海岸」は、七里はないけれど二十キロぐらい、長くてきれいな海岸線がつづいている。毎年八月十七日には大規模な花火大会が行われ、十五万人ぐらいが押しかけて大にぎわいなのだとか（熊野市の人口は約二万人）。

この海岸は砂浜ではなく、なめらかな丸い小石で埋めつくされております。白やら緑やら赤やら線が入っているのやら、いろんな種類の小石が無数に転がっていて、テンションが上がること請け合いだ。私は一日じゅうでも、ここで石を拾っていられる自信がある。

……石じゃ、地味ですかね。七里御浜には巨大な奇岩もあります。「獅子巌《ししいわ》」です！　その名のとおり獅子の横顔の形をしていて、かっこいい！　正面から見ると全然獅子の形などしていないのも、ちょっとがっかりというか（もごもご）、雄大な自然が織りなす偶然性を感じさせて、いい塩梅《あんばい》なのである。

……岩じゃ、地味ですかね。近くには、「花《はな》の窟《いわや》」という由緒正しい神社もあるよ！　この神社には社《やしろ》がない。ご神体は、超巨大な岩だからだ。あ、話が結局、岩に戻ってしまった……。

なぜ私はこんなに躍起になって、三重県アピールをしているのだろう。しかも、魚と小石と岩しかおすすめしてないじゃないか、という気もする。温泉とか松阪牛のホルモン焼きとか、三重県にはほかにもおすすめポイントがいっぱいありますので、どうぞご安心を。

今回の出張でつくづく感じた。現代の交通手段（飛行機や新幹線）で行きやすいかどうかのみで、その土地が便利か不便かを判断するのはもったいないな、と。都会の喧噪から離れ、ちょっと旅をしようかなというとき、紀伊半島南部も、ぜひ候補のひとつに加えてみてください。

のんびりしていて、冬でも気候が温暖で、海と山がきれいで、魚がすごくおいしくて、小石と岩があるよ！

追記：この章に収めたエッセイの大半はコロナ禍まえに書いたものなのだが、改めて読み返してみると、なんの気なしに旅に出られるって、とても大事で楽しいことだったんだなと思う。コロナ禍以降、熊野市の花火大会もずっと中止されていたが、夏の再開に向けて、「伝統花火存続のための打上花火」が二〇二二年十一月に無事に行われたそうだ。機会があったら、小石と岩と花火のある紀伊半島南部を旅してみてください。

文中で登場したおじは亡くなったのだが、絵や彫刻がとてもうまいひとで、私はかつてもらった木彫りの小さな観音像を、大事に下駄箱のうえに飾っている。「円空《えんくう》ふうにしてみたで」とのことで、おじさん、大胆なパクリ……いやいや、模倣である。

温泉と集中力

自宅にいても、すぐに昼寝をしたり漫画を読んだりしてしまい、あまりにも仕事が進まない。そこで思い切って一週間ほど、長野県の温泉リゾートに滞在することにした。

深夜でも温泉に入れる。散歩に最適な川沿いの遊歩道もある。そしてなにより、部屋にはテレビも時計もなく、山あいゆえに携帯電話もつながりにくい。外界との通信手段はパソコンのメールのみ。これで集中力を発揮できないのなら、地球上のどこにいても、文章など一行も書けないだろう。

静かな宿の部屋に落ち着いた私は、持参したノートパソコンに向きあった。気力があふれてくるのを感じる。が、しかし、まずは温泉に入ろう。結局初日は、風呂上がりに夕飯を食べ、ビールをかっくらって寝た。

翌朝、鳥のさえずりに包まれながら、遊歩道散策。いままでになく創作意欲が湧いてきた気がする。が、しかし、ここであわてて書きなぐるようでは、素人丸出しだ。部屋に戻り、心を落ち着かせて窓からの景色を楽しむ。気がつけば日暮れ。夕飯を食べ、温泉に浸かり、就寝。

そんな日々を三回ほど繰り返したところで、そういえば自宅にもテレビがないんだった、と気づく。テレビがない宿に逗留《とうりゅう》しているのに、なぜ仕事が進まないのだろうと不審に思っていたが、謎が解けて清々する。テレビの有無などという些事《さじ》に左右されぬほど、私の集中力はいついかなるときもゼロなのだ。ある意味、盤石の集中力（のなさ）だ。

　などと言ってる場合ではない。そろそろ本腰を入れて仕事をしないと、本当にまずい。書いて書いて書きまくるぞ！　だがそのまえに、メールチェックをしよう。原稿を待ちつづけている編集者が、怒りと怨嗟《えんさ》に満ちたメールを送ってきていたら一大事だ。なんとか言い訳、いやいや、思いやりに満ちた返信をして、先方の心を安らがせる必要がある。

　が、しかし、メールもインターネットもなぜか不通だった。唯一の通信手段を奪われた私は、フロントに内線電話をかけた。電波障害が生じていて、復旧まで数時間はかかる見込み、とのことだった。

　一瞬、「どうしよう」と泡を食いそうになったが、強靱《きょうじん》な精神力で平静を保った。考えてみれば、メールが不通だろうと、べつに不都合はないのだ。送るべき原稿は、あいかわらず一本もできていないのだから。

　温泉で保養したおかげで、なにごとにも悠然と構える余裕の姿勢が、より磨かれたと言えよう。よし！　よしじゃない。

テンション高めの宮島

広島県の宮島《みやじま》に行った。宮島って、本当に島なんですね！　岬の突端とか、江の島みたいに橋で陸地とつづいているとか、そういう感じかと思っていた。地理に疎《うと》くてお恥ずかしい。宮島口（本州側）からフェリーで十分ほど瀬戸内海を渡るとわかり、島好きとしてテンションがマックスになる。宮島は全体が山と言ってよく、ほとんど平地がない。厳島《いつくしま》神社の赤い鳥居が、島の緑に映えております。

上陸すると、あちこちを鹿が歩いている。それ以上に、人間が多い！　平日だったのだが、外国人観光客も含め、驚くべき人数が宮島を訪れていた。それでも、どこかのんびりとしたムードを失わないのが、宮島のいいところだろう。うつくしい海と山を眺めつつ、お土産屋《みやげや》さんが並ぶ通りや、厳島神社を散策した。

神社の赤い鳥居は、ふだんは海のなかに立っているが、干潮のときは歩いてくぐることができる。大人は鳥居の大きさに感嘆の声を上げ、チビッコは干《ひ》潟《がた》の生き物に夢中である。カニやら小さな巻き貝やらがいっぱいいるのだ。それを狙って海鳥も来るのだが、謎の海藻に足を取られていた。

この海藻はなんなのだろう。青々としておいしそうだが……。浜辺にある「清盛茶屋」の女将《おかみ》さんにうかがったところ、「水温によって異様に繁茂するときがあり、いろいろと調理法を工夫してはみたのだが、まさに煮ても焼いても食べられない物体」だそうだ。残念。

嚴島神社の繊細な美は言うまでもないが、天気がよければ、弥山《みせん》に登ることをおすすめする。頂上近辺までロープウェーで行ける。高所恐怖症の私にとっては苦行だったが、絶景だそうです（伝聞調なのは、ロープウェー内で石地蔵と化しており、とても風景を眺める余裕がなかったからだ）。

弥山の山頂には、大聖院《だいしょういん》が管理するお堂が点在している（麓《ふもと》にある大聖院も、おすすめのスポットだ。境内《けいだい》が「仏教界のアミューズメントパーク」的様相を呈しており、楽しめる）。けっこうアップダウンがきついので、運動靴で行ったほうがいい。

ヒーヒー言いながら山頂の展望台にたどりつくと……。三百六十度、瀬戸内海！　そこにポコポコと浮かぶ緑の島々。広島の街と、遠くにかすむ四国山地。この世のものとは思われぬ、壮麗な景色を一望できる。

宮島はアナゴ丼も名物！　二日間で三回、アナゴを食べました。うまうま。

かわらけ投げの願い

琵琶湖（滋賀県）に浮かぶ竹生《ちくぶ》島《しま》に行ってきた。宮島（広島県）につづき、島づいている今日このごろだ。

私は琵琶湖を見ること自体がはじめてで、「海か!?」と思う大きさに感動した。こちらが観光客であると見て取るやいなや、タクシーの運転手さんがみんな、詳細すぎる琵琶湖情報（面積、深さ、周囲の長さ、棲息する魚、見どころなど）を滔々《とうとう》と語りだすことにも感動した。県民に愛されてるんだなあ、琵琶湖！

竹生島へは、彦根から船で片道四十分ほどだ。仕事仲間のパンイチくん（自室ではパンツ一丁で過ごしているらしい妙齢女性）と行ったのだが、昼まえにもかかわらず、船のデッキでさっそく乾杯。徐々に近づいてくる竹生島を眺めつつ、缶チューハイをちびちびやる。進む船を取り囲む水面は、海と見まごうほど広いのに、湖だから潮の香りがしない。視覚情報（「海だ」）と嗅覚情報（「湖だ」）が脳内で混線し、なんだか不思議な感じだった。

竹生島は、平坦な土地がほとんどない無人島である。ただ、船着き場にはお土産屋さんが何軒か並んでいるし、小山の斜面には宝厳寺《ほうごんじ》と都久夫須麻《つくぶすま》神社がある。「変にド派手な観光地」

という感じではまったくないので、島の緑に囲まれ、落ち着いた雰囲気のなか、趣《おもむき》深いお堂や社をめぐれる。

宝厳寺の観音堂《かんのんどう》は、西国三十三所観音霊場の札所のひとつだそうで、平日にもかかわらず、巡礼する人々が熱心にお祈りしていた。古くから「神さまの住む島」と言われてきた竹生島は、いまも現役で信仰の対象となっている。

お寺と神社は、一時間ほどで見てまわれる。神社では「かわらけ投げ」もできます（素焼きの小さな皿に願いごとを書き、琵琶湖に面して建つ鳥居に向かって放り投げる）。私が投げたかわらけは、鳥居を大幅にはずれ、草木生い茂る斜面に消えていった。ただでさえノー・コンなうえに、「鳥居近くに着地させねば」というプレッシャーに負けた。ちなみに、かわらけに記した願いは、「すらすら小説を書けますように」。やっぱり無心で投げなかったから、帰宅したのちも願いごとがかなわないのかしら……。

次こそは無心で、鳥居近くにかわらけを投げ、願いを確実に神さまにお伝えするぞ！　竹生島再訪を胸に誓い、パンイチくんと私はお土産屋さんで買ったほくほくのおでんをつつきつつ、帰りの船のデッキでも缶ビールで乾杯したのだった。

雲仙温泉でひとりクラシック

「クラシックホテル」と言われるものが好きで、日本各地の古くて趣のあるホテルをこつこつと訪れている。

といっても、まだちょっとだ。これまでに行ったのは、箱根、日光、軽井沢（泊まらずにお茶だけ飲んだ）、奈良（鹿を愛でるふりをしつつにじり寄っていき、塀の外をうろちょろした）ぐらいである。あ、東京駅にあるホテル（改装前）でも、お茶だけ飲んだな。

なぜ泊まらないで済ませているホテルが多いのかといえば、気おくれするからだ。かれら（クラシックホテル）の歴史に比して、拙者などこわっぱ。うかうかと足を踏み入れてはいかんかな、と腰が引ける。しかし、そんなことを言っていてはこっちの寿命が尽きてしまうので、今後はなりふりかまわず、（でも財布と相談しながら）泊まる所存だ。

そこでさっそく、島原半島の雲仙《うんぜん》温泉にあるクラシックホテルに泊まってきたよ！　一人で！　そんな素敵なホテルに一人で泊まってるのなんて、見たかぎりでは私だけであった。クラシックホテルにあまり泊まらなかった理由、もうひとつ判明した。「どうせ一人だし、ビジネスホテルで充分」となりがちだからだ。ぐすん。

それはともかく、同行者ゼロでもうっとりできるホテルでした。ロビーの柱は重厚だし、天井の高いレストランでおいしいお料理を食べられるし、部屋のドアや椅子や壁紙までレトロでかわいい。建物の外観は山荘ふうで、バルコニーがついている。白くてつばの広い帽子をかぶるのがふさわしいような、優雅なシチュエーションだ（水泳帽しか所有していない身だが）。

　そして特筆すべきは、大浴場！　天井はドーム型、壁にはアールデコっぽいタイルが貼られていて、洋風なのだ。浴室への出入り口のドアも、引き戸ではなく、うつくしいステンドグラスがはまった、ノブつきのドア。たぶん古代ローマの貴族は、こういうお風呂に入っていたはず！（アールデコと古代ローマでは時代が全然ちがうが、勝手なイメージ）

　乙女心をくすぐられ、キュン死しそうになりながら温泉を楽しむ。天国かのう……。ほかにだれもいないから、このかわいい大浴場の写真を撮っちゃだめかのう……。

　ふだんは皆無に近い「写真撮りたい欲」が頭をもたげるも、「全裸で風呂場に向かってシャッターを押す」という行為にどうも抵抗を感じ、結局、心の印画紙に焼きつけるに留めました。ん？　最近は印画紙など使わず、データで保存するのか？　言いまわしだけは立派にクラシックだな、私。

昂ぶる善光寺

「牛に引かれて善光寺《ぜんこうじ》参り」ということわざの意味を、私はずっと勘違いしていた。「牛車《ぎっしゃ》に乗って、貴族も続々とお参りに来るよ。この際、ラクチンな手段を使っちゃってもいいから、とにかくみんな善光寺に行っておけ！」という意味だと思っていた。

解釈がまったくまちがっていたことを、実際に善光寺（長野市）に行って知る。本堂で引いた牛型のおみくじ（腹におみくじが入っている。置物としてもかわいい）によると、「強欲で信心がないおばあさんが、牛の角に引っかけられた布を追って善光寺に行き、以来、ちゃんとお参りするようになった」という故事にちなんでいるそうだ。

だから、このことわざの意味は、「他人に誘われて知らぬうちに善い方へ導かれること」でした（『明鏡　ことわざ成句使い方辞典』（大修館書店））。そうだったのか！

善光寺は大変立派なお寺だった。宿坊がいくつも並び、いまも全国からお参りするひとが詰めかけている様子。小雨の降る寒い日にもかかわらず、観光客のおばちゃんたちがお焼きを食べたり、本堂では四十代男性が真剣な面持ちでお経を読んでお祈りしていたりと、にぎわいと敬虔《けいけん》なムードがいい塩梅で混じりあっていた。

門前の町並みも、レトロな感じで統一されており、散策しながらお土産物をあれこれ選ぶのが楽しい。うれしいのは、本屋さんがちゃんとあることだ。有名な観光地のただなかには、あまり本屋さんがないことが多く、観光しつつ本や雑誌も買いたい派の私としては、いつも禁断症状に苦しめられている。

しかし善光寺では、門前の通りで本屋さんを発見し、昔から地元住民や観光客に愛されてきたお店なのかなと、頼もしく感じたのだった。

さて、私が善光寺に行ったときは、ちょうど山門の内部を特別公開していた。急な階段をへっぴり腰で上ると、「絶景かな、絶景かな」と石川《いしかわ》五《ご》右衛門《えもん》気分を味わえる。紅葉もうつくしく、善光寺が山に包まれるようにして、高台から町を見守る立地にあることがわかった。

こんなに大きな門やお堂や仏像を造るのだから、信仰心とはすごい。ひとは心の昂ぶりを、巨大建造物として表現したくなるものなのだろうか。現代で考えると、東京スカイツリーなども、やはりなんらかの昂ぶりの象徴なのか？（形状的にも昂ぶり感が……、もごもご）

「大勢が集まり、楽しく過ごせる場所を造ろう」という心意気が、善光寺のドカーンとしたたたずまいから感じられ、いいなと思うのだった。

手荒すぎるあばれ祭り

能登半島の宇出津《うしつ》で行われる、「あばれ祭り」に行ってきた。二日間にわたるお祭りで、「キリコ」と呼ばれる巨大な山車《だし》のようなものが、三十台以上も町のなかを練り歩く。というか、跳ねまわる。通常、山車には車輪がついており、牽《ひ》くものだと思うが、「キリコ」には車輪がなく、担《かつ》ぐ。一台を担ぐのに、最低でも三十人ぐらいは必要だ。キリコのうえには特大灯籠《とうろう》がついていて、お囃子《はやし》隊の子どもたちも乗りこむので、その意味では山車的だが、移動方法は御輿《みこし》に近い。

町に知人がいるので、よそものの私も法被《はっぴ》をお借りし、キリコを担ぐことができた。なにしろ人手が求められるので、性別を問わず、初心者であっても、知己がいて法被を貸してもらえれば、お祭りに参加できるのだ。おおらかなムードで、とても楽しい。

キリコは大変重く、柄《え》が肩に食いこむのだが、「うまく力を抜く方法」を地元のかたに教えてもらったり、ふるまい酒をいただいたりと満喫した。ふだんは都会で働くひとも、このときばかりは帰省するそうで、みんなが夢中でお祭りを盛りあげ、味わっている様子が、とても輝いて見えた。

キリコは、二台の「あばれ御輿」の道案内役なのだそうだ。夜の闇のなかで、灯《とも》したキリコが、神社までの道にずらりと並ぶ。大変うつくしく壮観である。キリコ自体もあばれて跳ねまわるのだが、キリコに導かれて神社を目指す「あばれ御輿」は、こちらの予想を上まわるあばれぶりを見せる。

　御輿を担げるのは、さすがに地元の男性のみだ。信仰に基づく行事だから、という理由ももちろんあるだろうけれど、かなりの荒業《あらわざ》が要求されるので、慣れていて力自慢のひとじゃないと無理だから、という事情もあるのではないかと推測する。

　なんと担ぎ手の男たちは、御輿を海に放りこみ、燃え盛る火に放りこみ、川に放りこみ、自分たちも海や火や川に飛びこむのだ。その合間もバシバシと御輿を叩き、海や火や川から道に御輿を引っぱりあげては叩き、担いでいた御輿を道に激しく投げつけては叩く。なんという乱暴狼藉《ろうぜき》を……。と思うのだが、この御輿に乗っている神さまは、手荒く扱われるのが大好きなのだそうだ。マゾ……？　いやいや、もごもご。変わった好みをお持ちの神さまなのである。

　大の大人が真剣に、御輿にやんちゃを働く。本人たちもずぶ濡れかつ火傷の危険にさらされながら。お祭りってのは謎だなあと呆気《あっけ》に取られたが、しまいには地元のひとたちと一緒になって歓声を上げ、拍手を送りまくったのだった。

楽しき想像旅行

冬のあいだに仕事で京都へ行くことになりそうなので、ついでに個人旅行も合体させるのはどうだろう、と思い立つ。ちょっといい宿に泊まっちゃったりして、と夢はふくらみ、以前から目をつけていた旅館のホームページを開いてみた。

館内改装のため、冬期は休業中だった。完!

そうか、京都って桜の時期も紅葉の時期も、ゴールデンウィークも夏休みも、とにかく年じゅう観光客が押し寄せているイメージがあったが、年末年始以外の冬のあいだは、(あくまでも比較的に)空《す》いているのかもしれないな。そのため旅館側も、「冬を改装期間にあてよう」と考えたのだろう。

そうは言っても、一カ月ぐらい休んで建物を改装するなんて、何年かに一度の出来事のはずだ。そこにどんぴしゃりで旅行計画をぶちあてる私。どんだけの運の悪さだ。

諦めきれず、さまざまな旅館を検索しまくっていたら、いつのまにか熊本の高級旅館のホームページをうっとりと眺めていた。行くのは京都だ。さらに、なぜか「ななつ星 ｉｎ 九州」(ＪＲ九州の豪華寝台列車)の紹介サイトも熟読していた。旅館ですらなくなった!「ななつ星」は人気で予約取れないし、取れたとしてもラグジュアリーすぎて料金払えないよ！

旅館に連泊しつづけたすえに、代金を払わず遁走《とんそう》した客が逮捕された、というニュースはたまに目にするが、疾走する列車から飛び降りて逃亡、などという難易度の高い行いが、のび太《た》よりも運動能力のないこの身に可能であろうか。

待てよ。どうして私は、逃走劇について思いめぐらしているのだ。ただ京都の旅館でしっぽり（一人旅だが）したかっただけなのに、あれよあれよというまに官憲に追われる境遇に！　これもすべて旅館が閉まってたせいだ。カップルが詰めかけるクリスマスの時期に改装休業してくれりゃいいのに。

勝手に脳内で活劇し、カップルへの呪詛《じゅそ》を吐いて（やつあたり）、しずしずとホームページを閉じる。

それにしても、旅って実際に現地へ赴いたときだけではなく、準備期間も楽しいですよね。どこを見てまわり、なにを食べようかなと、情報収集して段取りを練ったり、あえて情報を遮断して、まだ見ぬ土地への想像をたくましくしたり。私は事前にねっちりと想像するのが好きで、出発の日はすでに想像疲れでぐったりしてる派だ。にもかかわらず、旅先では必ず、想像しきれなかった驚きや発見と出会うことができる。

さて、京都のどこに泊まろうかなあ。

追記：申しあげにくいのだが、その後、小説の取材で「ななつ星」に乗車する機会を得た（『Seven Stories　星が流れた夜の車窓から』〔文藝春秋〕という七人の共著のなかに、私の短編も収録されています。小声でCMでした）。想像以上に豪華な列車で、ご飯もおいしく、レクリエーション企画などもあり、とても楽しかった。

　しかしなにより驚いたのは、乗客のみなさまの勤勉さだ。途中駅で下車し、付近を散策する際、「○時にお戻りください」とアナウンスがあるのだが、私は毎回プラプラしすぎて、集合時刻間際に泡食って戻っていた。だが、ほかの乗客のかた（ご高齢の夫婦が多い）は、五分まえには列車に戻って、ちゃんと点呼に備えている様子。

　なるほど、こうして真面目にきちんと生活や仕事と向きあいつづけてきたがゆえの、「ななつ星」……。それで行くと私は、どうあがいても自力で「ななつ星」に乗れる立場にはなれそうもないなと痛感したのだった。人生のパイセンがたを見習い、なるべく早めにプラプラを切りあげるよう努めたのだが、二分まえが限界でした。

　勤勉さをなんとか培《つちか》い、いつかもう一度「ななつ星」に乗れたらいいなと思う、夢のような旅だった。

八坂神社と五十円

いよいよ想像を現実のものにするときが来た。綿密に予定を練りあげ、京都へ行ったのだ。本当は泊まりたい旅館があったのだが、残念ながら改装のため休館中。のんびり一人旅のつもりが、なぜか母がくっついてくる。……なにひとつとして、予定どおりの旅になっとらん！

しかし、泊まったホテルは居心地がよかったし、母のリクエストに応える形で、おいしいアフタヌーンティーを味わうこともできたし（一人だったら、「優雅にお茶しつつ、ケーキやらサンドイッチやらをつまむだと？　ふん、しゃらくさい」とスルーしていただろう）、結果オーライとも言える。

母と二人、京都の町を半日歩きまわる。八坂《やさか》神社にたどりついたので、お参りしていくことにした。賽銭箱のまえで財布を開いた母は、

「あら、百円玉がないから、五十円にさせてもらおう」

とつぶやき、手を合わせた。私がお参りを終え、脇によけてからも、まだ一分以上お祈りしつづけている。

当初の心づもりの半額しかお賽銭を入れなかったくせに、どれだけ長大な願いごとをしてお

るんだ。神さまに対してずうずうしすぎるだろう。

ようやく目を開けて近づいてきた母に、「長いわ！」と思わずつっこみを入れてしまった。すると、母とほぼ同時にお参りを終えた中年女性が、「ぶふっ」と噴きだし、

「あたしもねえ、年を取るにつれ、お祈りしたいことが『あれもこれも』って増えて、ついつい長くなっちゃってねえ」

と話しかけてきた。母も、

「そう！　そうなんですよね〜！」

と意気投合している。

なるほど、私はまだまだその境地には達していない、こわっぱなのだなと痛感する。また、「長いわ！」はあくまでも賽銭をディスカウントした母へのつっこみであったのだが、期せずして中年女性をも批判したようなタイミングになってしまったことに動揺し、

「いや、これは失礼しました」

と、へこへこしまくったのだった。

ひとなつこく愉快な中年女性のおかげで、旅先でつかのまの交流が生まれ、人生の機微（？）を垣間見ることができた。

歩きすぎて疲れたので（軟弱）、タクシーでホテルに戻る。運転手さんによると、一月と二月は観光客が少ないので、「ゆっくりお寺などを見てまわりたいひとにはおすすめの時期。タ

クシー業界もみなさまのお越しをお待ちしています！」とのことでした。

追記：今回、この原稿を読み返していて、私がアフタヌーンティーをスルーしてきたのは、二人前からというケースが多く、そもそも注文できなかったためでは？　と気がついた。「しゃらくさい」などと言っているが、「あのブドウは酸っぱい」を地で行く負け惜しみであったか。しかも、負け惜しみだと気づけずにいたわけだし。かわいそう自分。

　某ホテルでピーターラビットとコラボしたアフタヌーンティーを提供していたときは、「まさか、お父さんのパイが⁉」と思わずメニューをガン見してしまった。そんな猟奇的なラインナップではなかったのでホッとしたが、やはり二人前からのようだったので注文できなかった。おいしそうだったな……。いやいや、ピーターのかじりかけのニンジンがごろんと転がってるアフタヌーンティーなぞ、俺は注文しない。（※もちろん実際は、かじりかけのニンジンもラインナップに含まれていなかったです。かわいいし、おいしそうだったな……）

憧れの芋煮合コン

仕事で山形へ行った。例年に比べて雪が少ないということだったが、それでも夕飯まえに粉雪がちらつきはじめ、食事が終わったころには十センチぐらい積もっていた。

粉雪かつ短時間にもかかわらず、さすがの積雪力。帰京する際、電車の窓からも、車がすっぽり雪に埋もれているのを見た。白銀の世界に、「うおー、すごい！」とテンションが少々上がったのだが、のちに東京もめずらしい大雪（自社比）に見舞われ、「いやあ、やっぱりテンションを上げるようなものではないな、これは……」と痛感したのだった。

それはさておき、芋煮《いもに》である。私は芋煮という食べ物をまったく知らず、山形の人々が熱く語るので驚いた。芋の煮っ転がしのことかと思ったら、里芋と牛肉の鍋物だという。しかも「芋煮会」といって、里芋の収穫時期（だいたい十月）に大勢が河原に集い、みんなで作って屋外で食べるのだという。芋煮会の時期には、コンビニやスーパーでも、手軽に作れる「芋煮セット（具材や薪など）」を売り出すそうだから、相当のフィーバーぶりだ。

学生さんは「芋煮合コン」をするとのことで、河原で芋煮をつつきながら語らいに花を咲かせるらしい。週末にキャッキャとバーベキューをする男女を、私はこれまでどちらかというと憎んできたのだが（モテへのひがみ）、「芋煮合コン」なる言葉の愛くるしさといったらどうだろう。ぜひ、その合コンに参加してみたいものだ。

いったいなぜ、わざわざ河原で里芋の鍋を作るのか。起源は諸説あるようで、味つけや具材も、東北各地で（というか山形県内でも）地域ごとにさまざまらしい。

芋煮話をうかがううちに、なんと愉快でおいしそうなんだ、と味わいたくてたまらなくなったのだが、河原へ繰りだすのはあくまでも里芋の収穫時期に限られるとのこと。いつか絶対、芋煮会の時期に山形へ行く、と決意した。

山形から帰る日、駅近くの定食屋さんふうのお店で、メニューに芋煮を発見！　さっそく注文してみたところ、「すごく薄味のすき焼き」のような味つけの鍋が出てきた。なるほど、こりゃおいしい！　ご飯も進む！

もりもり食べて、まだ見ぬ芋煮会へ思いを馳《は》せる。河原で、大鍋を用いて、親しいひとたちと芋煮を作って食べる。これ以上なく平和で幸せな季節の催しではないか。先人たちが、寒い冬に備えて活力を蓄えるべく編みだしたのが、芋煮であり芋煮会なのだろう。

帰りの道中、芋煮のおかげでおなかがほかほかだった。

追記：どこかべつのエッセイでも書いた気がするのだが（最近いよいよすべての記憶が曖昧）、その後、山形に年に一度は仕事でお邪魔するようになり、芋煮への知見が少しだけ深まった。山形県民のみなさまにとって、芋煮は「魂の料理」的に大切なものであり、県内の地域によって異なる味つけや具材について、「どっちがおいしいか」という激烈な論争が日夜交わされているようなのだ。私は、「すごく薄味のすき焼き」系統と、「里芋の入った豚汁」系統という、二種類の鍋があるんだなとざっくり把握し、どちらもとてもおいしいと思うのだが、そんなことを迂闊《うかつ》に言ったら山形県からアサシンが派遣されそうなほど、みなさま激マジである。芋煮は、「すき焼き」でも「豚汁」でもなく、芋煮なのだ。もしかすると「鍋」ですらなく、断固として芋煮なのではないか、という気もする。そして、「どちらもとてもおいしい」などという生ぬるい態度は許されないのだ（たぶん）。

本当に喧嘩になるから、芋煮の話題はなるべく避けているそうだが（「政治と宗教の話題は避けたほうがいい」とは聞いたことがあるが、そこに「芋煮」が加わることがあるなんて初耳だ）、それでもお店で芋煮が出てくると、ついつい熱く論争をはじめてしまう県民のみなさん。なんだかんだで楽しそうだなと、その様子を拝見しながら、やっぱりおいしく芋煮をいただくのであった。「芋煮会」「芋煮合コン」にはまだ参加できていないのだが、河原で毎年大乱闘が起きてるんじゃないかと気が揉める。

悩ましき法事旅（準備編）

複数名で旅行の計画を立てるときは、どこで何時に集合するかとか、だれがなにを持っていくかとか（行き帰りの電車内で遊ぶためのカードゲームやら、宿泊先で宴会するための酒やら）、事前に決めたり連絡を取りあったりしなければならないことがいろいろある。

もちろん、「各自が手ぶらでテキトーに出発し、現地集合現地解散する」という無頼派もおられるはずだ。しかし、旅の目的が「法事」だった場合、いかがだろう。やはり、ある程度の事前調整が必要になってくるのではないか。

このたび、父方の祖父母の法事が行われることになった。祖父母の墓と檀那《だんな》寺《でら》は三重県にある。最寄りの駅から車で一時間以上かかる山のなかなので、だれの車に乗せてもらってそこまで行けばいいかなど、父が電話で親戚と打ちあわせるという。

ところが、待てど暮らせど父からの報告がない。法事の日が迫ってきたので、「どうなったの？」と聞いたら、「昼ごろに駅で待ってれば、だれかが迎えにきてくれるんじゃないか」と非常に漠然としたお答え。何度も親戚と電話してたようなのに、おぬしはいったいなにを打ちあわせたのだ！　世間話か！　法事の話をせんかい！

怒りに震えそうになったが、ぐっとこらえ、

「じゃあ、当日どういう服装をすればいいかは、ちゃんと聞いてくれた？」

と尋ねると、

「聞き忘れた。まあ、地味な恰好なら、なんでもいいんじゃないか」

と、これまたなんとも曖昧なお答え。そりゃ、法事に真っ赤なセーターを着ていくひとはおるまいよ。私が知りたかったのは、かっちりした服装がいいのか、もうちょっと普段着寄りでもいいのか、どっちなのかということだ！

世界で一番ぐらいに気が利かない父に任せていたのでは、埒《らち》が明かない。私はおばに電話し、必要な情報を教えてもらって、母に伝達した（父に伝えたところで、どうせひとの話など聞いちゃいないのは証明ずみである）。ついでに、親戚一同への手土産のお菓子も準備した。あと、「せっかくなら温泉にでも一泊したいものだが」という父の要望に応え、よさそうな旅館を見つくろって予約を入れた。

たすけてパトラッシュ。ぼくもう出発まえから疲れたよ……。

高齢になり、ますますテキトーさに磨きがかかってきた父。このままじゃ私のほうが、怒りのあまり脳卒中で先立ってしまう。法事に赴く高齢一家向けの旅行代理店が欲しい、と切実に思った。

悩ましき法事旅（現地編）

祖父母の法事を、なんとか無事に終えました。ひさしぶりに親戚にも会えて、楽しく過ごした。

いや、法事を楽しんではいけないかもしれないが、祖父が死んでから十七年、祖母の死からも七年が経っている。時間の経過とともに悲しみも薄らぎ、祖父母にまつわる思い出を、爆笑とともに語りあえるようになってきた（爆笑エピソードに事欠かない二人なのである）。何年かおきに、死者の記憶を共有する親戚が集い、儀式に参加したのちに飲食をする。法事というのは、いいシステムだなあと思うのだ。むろん、「法事のたびに親戚一同が大喧嘩」というパターンもあるから、一概には言えないが。

今回の法事では、変化が見られた。まず、住職が高齢のため亡くなっており、代わりに、近くのお寺から和尚《おしょう》さんが来てくださった。亡くなった住職は晩年、「読経の最中に寝る」「読経後の法話（？）の最中にも寝る」など、「あわわ、あの世へ召されてしまわれたか!?」とハラハラさせられる局面が多々あったのだが（それも魅力ではあったのだが）、今度の和尚さんは危なげなく法事を進行する。私のいとこは、「法事って、こんなに安心して参加できるものやったんや」と驚いていた。少々気になる点といえば、和尚さんの動作や話しかたが落語家みたいなところで、もう少し親しくなったら、「どなたのファンなんですか？」と聞いてみようと思う。

もうひとつの変化は、いとこに子どもが生まれていたことだ。生後八カ月の男子。むいむい動きまわり、言葉にならぬ言葉で一生懸命しゃべろうとしていて、大変かわいい。おじとおばは、初孫にめろめろであった。父方の親戚は子どもが少なく、八カ月男子を除いたら平均年齢五十歳って感じだ。私も、子どもがいないどころか結婚すらしていないし……。「将来の年金は、この子一人の肩にかかっている！」と思い、丁重に挨拶し、あやしてさしあげた。

ところで私の爪は、そのとき紺色に塗ってあった。「法事に行く服装」は事前リサーチしたというのに（前項参照）、爪が紺色ってどうなのかと思うが、大人はみな、「おしゃれやな」で許してくれた。ゆるい親戚で助かる。しかし、見過ごしてくれなかったのが八カ月男子だ。「人体にあるまじき色だ」とばかりに、私の指を握って離さず、興味津々のご様子で爪を眺める。か、かわゆい……。

もう、年金は諦める！　むしろお小遣いをあげる！　世の中のじいちゃんばあちゃんの気持ちが少しわかったのだった。

尾鷲の植林マシン

三重県の話題が連続してしまうのだが、尾鷲市へ行って植林体験をしてきた。

私は以前、林業の小説を書いた。そのときお世話になったかたたちから、「小学生と一緒にヒノキの苗を植えるイベントがあるんやけど、遊びにこんか」とお誘いいただいたのだ。

しかし私は、「植林」を甘く見ていた。というか、「植樹」イベントと勘違いしていた。公園などに穴が掘ってあって、そこに苗木を植え、スコップで土を二、三回かける植樹イベント。それをチビッコたちがやり、私は見物してればいいのかな、と思っていた。

ところが、チビッコたちが乗る小型バスは、尾鷲市の山をどんどん登っていく。林業関係者が運転する車に乗り、バスを追跡していた私は、いやな予感がした。これはもしや……、「植樹」ではなく、まじで「植林」なのでは？

案の定、山奥のものすごい斜面に到着し、ヘルメットと軍手と袋いっぱいのヒノキの苗を渡されるチビッコたちと私。鍬《くわ》で地面をちょいと掘り、苗を植えて根もとの土を軽く踏み固めろ、と指示されるも、まず斜面を下りるのが大変。どうしてもへっぴり腰になってしまう。

ようやく斜面にへばりつき、必死になって地面に鍬を入れようとするも、根っこや岩があってむずかしい。しかも傾斜のせいで体勢が安定せず、うまく鍬に力が伝わらない。

　だが、山仕事の猛者であるおっちゃんたちは、

「この程度の傾斜なんて、傾斜に入らん。平地と同じや」

と、やすやすと鍬を振るい、マシンのごとく植林していく。す、すごい……。目を見張るチビッコたちと私。結局、おっちゃんたちに大幅に手伝ってもらって、なんとか苗を植え終えたのだった。ちなみに私は、這いでてきたでかいミミズをチビッコに見せびらかし、「ぎゃー！　こっち来んな！」と盛大にいやがられていました。おとなげない。

　広大な山に整然と植林されたヒノキや杉は、すべてひとの手で、一本一本植えられたものなのだ。その大変さの一端を知り、山のうつくしい緑がことさら目に染みる。大変だけど、山で体を動かすのは楽しいのも事実で、チビッコたちも私も、「コツがつかめてきた気がする！」「植える間隔が狭すぎるよ！」なんて、キャッキャと熱中してしまった。

　夜はむろん、大人の時間。おっちゃんたちと、尾鷲のおいしい魚とお酒を味わう。カラオケで熱唱するおっちゃん（みなさん異様に歌がうまい）。見知らぬおじさんとデュエットしはじめるおっちゃん。山ではあんなに整然と苗を植えるのに、なぜ山から下りるとカオスなんだ？

極楽熱海ツアー

熱海といえば、かつては新婚旅行のメッカだった。と、したり顔で書いたが、四十路《よそじ》に差しかかった私も、メッカだったころの熱海を知らぬ。

というか、そもそも熱海に泊まったことがない。東京から日帰りできる距離なうえに小田原に親戚がいるので、私にとって熱海は、「美術館を見たりお寿司を食べたりしつつ、半日観光する場所」であった。

これではいかん！　新婚旅行の予定はいつまで待っても入りそうにないので、保養旅行として、熱海の旅館に一泊することにした。

憧れの熱海は、平日だというのに大にぎわいだった。年配の団体客はもちろんのこと、若いカップルも多く、駅前の商店街はひとでごった返している。衰えを知らぬらしい熱海パワーに圧倒されつつ、タクシーで旅館に向かう。

旅館は山の中腹にあり、客室から海を眺めることができる。敷地内には大木がいっぱい。大浴場へ下りる長い階段通路の途中に、樹齢三百五十年の楠《くすのき》がドカンとそびえていて、なんともありがたい風情だ。お湯はほぼ無色透明で、舐めるとちょっとしょっぱい。窓の向こうはもちろん、樹木越しに海が広がっていて、極楽に来てしまったのかのう、という気分を味わえた。同じく敷地内の海辺には、紀州徳川《きしゅうとくがわ》家の私設図書館だったという古い洋館が移築されていて、お茶を飲んでくつろぐ場所になっている。住むんじゃなく、私設図書館にしてたの？　こんな素敵な洋館を？　じゃ、実際に住んでたのは、どれだけの規模のおうちだったんだ。徳川家の底力におののきつつ、しずしずとコーヒーを飲む。

　お料理もとってもおいしい旅館で、従業員のかたも親切だった。実はですね、わたくしどうしても見たいＤＶＤ（某アイドルのコンサートＤＶＤ）がありまして、持参していたんですの。そしたら部屋のテレビに、旅館側が常備しているＤＶＤデッキを接続してくれたのです。おかげさまで夕食後は、思うぞんぶんＤＶＤ鑑賞ができました。自宅か！　せっかく旅に出たのに、なにしてるんだ。いやあもう、魂の底から十二分に保養いたしました……。

　結論として、熱海はとてもいいところじゃった。タクシーの運転手さんも熱心かつ親切なひとばかりで、「地元民に評判のおいしい寿司屋さん」「お土産に最適な干物屋さん」のみならず、「おしのびで熱海に泊まった芸能人」情報まで、聞いてもいないのに教えてくれた。それぐらい熱海はいいところなのだ、という熱海愛が感じられ、私もおおいにうなずいたのだった（芸能人の名は、あまりにも多すぎて覚えられなかったが）。

お高くない大國魂神社

東京都府中市は、古代（律令時代）には武蔵国府《むさしこくふ》があった場所だそうだ。つまり、武蔵国の中心地だった。そんな府中の、そのまた中心部といえば、やはり大國魂《おおくにたま》神社だろう。

私は自宅の近所のひと複数名から、「初詣は大國魂神社に行く」との証言を得た。私が住んでいる場所と府中とでは、直線距離で十キロほどある。気軽に歩いていけるわけでも、初詣に行く神社として全国的に超有名というわけでもないはずだが、かなりの人気ぶりだ。

ずっと武蔵国に住んできた身として、一度は大國魂神社にお参りせねばなるまい。ある晴れた日曜日、私は電車で府中へ向かった。

京王線府中駅周辺は、商業施設が建ち並び、商店街も活気づいていて、けっこうなにぎわいだった。駅近くから大國魂神社の鳥居までの参道は、見事なケヤキ並木になっている。木陰で憩うお年寄りや家族連れ。のどかな昼下がりである。

旧甲州街道に面した鳥居のまえには、ひときわ大きな木が立っていた（あれもケヤキだろうか。巨大すぎてよくわからなかった）。歴史を感じさせるのう、と思いつつ鳥居をくぐった大國魂神社は、敷地も広くとても立派な神社だった。しかも、こちらの予想以上に由緒があった。

置いてあった無料パンフレットによると、なんと神社の創建は西暦一一一年！　いくらなんでも昔すぎるのではと驚いたが、とにかく古くから人々に信仰され、敬われてきた神社だということがわかった。

それはいまも変わらない。パンフレットを熟読する私のかたわらを、お参りにきたひとたちがたくさん通りすぎる。結婚式があったのか、振袖姿の若い女性。お母さんに抱かれ、お宮参りにきた赤ちゃん。みなさん、リラックスして明るい表情だ。近隣住民らしき高齢の夫婦は、拝殿のまえで熱心に手を合わせ、「これでもう大丈夫だ」「そうね」と、うきうき帰っていった（おじいさんが野球帽を取り、拝殿に向かって折り目正しくお辞儀していたのが印象深い）。

大勢のひとが大國魂神社を頼りにし、親しみを抱いているのが伝わってきた。由緒正しく、境内も建物も立派な神社だけれど、決してお高くとまった感じはしない。ふらっとお参りに立ち寄っても許されそうな、いい意味でののんびりした雰囲気を醸しだしている。

私もお参りし、おみくじを引いてみた。大吉でした！　初詣もよさそうだが、五月五日に行われる例祭も盛大そうだなと、早くも翌年を楽しみにしつつ、記念におみくじを大切に持ち帰った。

3章

活字沼でひとやすみ

希望の塔――なぜ、ひとは積ん読するのか？

セミダブルのベッド上に未読の本を積んでいくうちに、シングルサイズよりも狭い幅しか眠るスペースを確保できなくなった。ちなみに寝室の床は積みあがった本で覆いつくされ、戸口からベッドへと至る細い動線しか残されていない。

食卓上にも未読本のバリケードが築きあげられ、ご飯を食べながらテレビを見るときに非常に邪魔だ。むろん、食卓まわりの床にも点在する砦《とりで》のごとく本が林立しており、炊飯器へ近づこうとするたびに足首を捻挫《ねんざ》しそうになる。

もうおしまいだ。この家で人間的な暮らしをするのは困難だ。にもかかわらず、また本を買ってしまう。食べきれないほどの食材をやたらに買うのは愚かな贅沢《ぜいたく》だ、とだれしもわかっている。その理性が、なぜ本が対象となると働かなくなってしまうのか、本当に謎だ。

買う本の量が読む本の量より上まわるのは、大人になると自由になる金が増え、お小遣いでやりくりしていたころよりは躊躇《ちゅうちょ》なくいろんな本を買えるようになるから、という理由もあるだろう。しかし一番大きな理由は、若いころより集中力が衰え、老眼がはじまるからではないか、という気がする。以前は読書に夢中になって徹夜したものだが、最近ではそんな体力がなく、気がつくと寝室の電気をつけっぱなしにしてぐーぐー寝ている。しかも、寝転がりながら本を顔に近づけたり遠ざけたりと、焦点を合わせる努力もせねばならないので、腕が筋肉痛で常にだるい。

若いころと同じ量の食物を摂取していたら胃もたれを起こす。それと同様に、もう本もそんなに量を読める体じゃないのだと思い知るべきなのに、「わしゃあまだまだ若い！」と脳は断固として加齢の事実を受け入れない。先日も光文社古典新訳文庫版の『カラマーゾフの兄弟』を第一巻だけ買ってしまった。それもう、新潮文庫版も岩波文庫版も持ってるだろ！　拙宅は『カラマーゾフの兄弟（第一巻）』専用の賽の河原か。ドストエフスキーと訳者のみなさまに謝りたい。

しかしまあ、積みあがる本とは希望なのだとも言える。「明日も生きて、これらの本のなかから一冊読みたいな」とか、「知らなかったことをまだまだ知りたいな」とか、自分自身や未来への希望の象徴なのだ。このペースで行くと、とてもすべてを読みきれないまま死ぬにちがいないんですけどね。

それでも、人々が積みあげつづける未読の本の山は、「たとえやり残したことがあったとしても、希望を胸に生きたこと自体が尊いのである」という事実の表れなのだと私は思う。

追記：集中力がまだしもあり、老眼ではなかった若いころから、特に「世界の名作」で挫折する傾向にある。『魔の山』も『赤と黒』も『パルムの僧院』も、なにが魔の山で赤と黒でパルムの僧院なのかいまだ知らぬ。『戦争と平和』はたぶん戦争と平和についての話なのだろうと推測している。

なぜ「世界の名作」を読もうとして投げだしてしまうことしばしばなのかといえば、「世界」「名作」という圧に腰が引けるためではないか。あいだの「の」まで圧たっぷりに見えてくる。

勝手に圧を感受するのはやめ、平常心で「世界の名作」に臨めるような強い精神力を培いたい。

夏目漱石――キング・オブ・ツンデレ

夏目《なつめ》漱石《そうせき》は、いまの言葉でいうと「ツンデレ」なのではないか。このごろ彼の随筆を読み返していて、そう思った。

表面上はツンツンした態度なのに、内面ではデレデレしている。つまり、クールなようでいて、実は他者への親愛の情にあふれているのだ。素直に親愛を表明できないあたり、漱石の自意識と奥ゆかしさを感じさせて、まことに愛らしくいじらしい。

漱石が最高潮にツンデレになるのは、動物に対してだ。夏目家では文鳥、猫、犬などを飼っているようなのだが、漱石は動物たちの様子を細やかに観察する。たとえば文鳥の足の描写は、

「細長い薄紅《うすくれない》の端《はし》に真珠を削《けず》った様な爪《つめ》が着いて」（『文鳥』）

といった具合だ。

小さな生き物が大好きで、かれらのかわいらしい動きが気になって気になってたまらないらしいのに、飼い猫が皮膚病になったら、

「クロロフォームか何かで殺して遣った方が、却《かえ》って苦痛がなくって仕合せだろう」（『硝子戸《ガラスど》の中《うち》』）

などと言う。究極のツン！　しかしもちろん、漱石の家族は家長の提案に耳を貸さず、猫は無事に快方に向かうのだった。

漱石も本当は動物と仲良くしたいようで、猫が自分に寄りつかない、と不満そうだ。文鳥が死んでしまったときも、自分が餌をやり忘れたくせに、下女のせいにして怒っている（悲しみのあまりやつあたりしたのだろう）。

動物に対してはどうも片思い気味の漱石だが、飼い犬のヘクトーとは、めずらしくうまく交流を図れていたみたいだ。漱石の随筆のなかで私が最も好きなのは、『硝子戸の中』でヘクトーについて書かれたくだりだ。

飼い犬にトロイの勇将の名をつける漱石。ヘクトーと、ヘクトーの友人（友犬？）ジョンが庭で狼藉を働くさまを眺める漱石。顔を合わせるたびヘクトーが喜び勇んで飛びついてきて、まんざらでもない漱石。ヘクトーがいかに漱石を慕っていたか、漱石が素っ気ない素振《そぶ》りで、その実どれほどヘクトーをかわいがっていたかが、淡々とした筆致の向こう側から伝わってくる。

なにしろ漱石は、呼びかけてもヘクトーが反応を示さないと、すごくしょんぼりしてしまうのだ。前日の夜、ヘクトーに無視された漱石は、

「私は昨夕《ゆうべ》の失望を繰り返すのが厭《いや》さに、わざと彼の名を呼ばなかった」（『硝子戸の中』）

ほどだ。「キング・オブ・ツンデレ」という称号を進呈したい、見事なツンデレぶり！

ヘクトーは、漱石をきらいになって無視したのではない。体の具合が悪く、敬愛するご主人さまの呼びかけに応えられなかったのである。ヘクトーはわざわざ漱石の目に触れない場所へ歩いていって死に、漱石はヘクトーを庭に埋めてやる。漱石が愛犬の墓標を眺めるシーンで、ヘクトーとの交流を記した項は終わる。

「もう薄黒く朽ち掛けた猫のに比べると、ヘクトーのはまだ生々しく光っている。然し間もなく二つとも同じ色に古びて、同じく人の眼に付かなくなるだろう」（『硝子戸の中』）

けれど、ヘクトーの墓標が「薄黒く朽ち掛け」ても、漱石は硝子戸のうちから庭を眺めるたび、ヘクトーのことを思い出すだろう。けなげで、ちょっとおバカで、かわいらしいヘクトー。その姿、彼との思い出は、漱石の脳裏に永遠に刻まれた。ヘクトーと漱石のあいだの信頼と愛が、漱石の筆を通して、私たち読者の心に永遠に残りつづけるように。ヘクトーとの項は、動物随筆の最高峰のひとつだと私は思う。

以上のように、漱石のツンデレぶりを存分に味わえるのは動物が絡んだときなのだが、では「デレ」部分に特化した最高潮はといえば、友だちと会ったときである。

ひさしぶりに友だちと再会した漱石は、「いやに澄ましているな」と言われ、「うん」と答える。五十近い男性が、「うん」って！　読んでるこっちが気恥ずかしくなるほど、漱石は友だちをまえにもじもじしている。漱石自身も、「うん」などと答えてしまったことに驚いたらしい。

「どうして私の悪口を自分で肯定するようなこの挨拶が、それ程自然に、それ程雑作なく、それ程拘泥《こだ》わらずに、するすると私の咽喉《のど》を滑り越したものだろうか。私はその時透明な好い心持がした」（『硝子戸の中』）

親しい友だちと再会したときの照れくささ、うれしさ、互いの出かたをうかがう感じが活写されていて、思わず私ももじもじする。漱石が友だちや門下生に愛されまくっていたことは、さまざまな文献に残っているが、それも納得の繊細さとチャームがある。

そのわりに女性に対しては、「ツン」を通り越すレベルのぎこちない応対ぶりで、むしろ腰が引けておろおろしてるように見えるところが、読んでいてまたキュンとする。漱石は大半の男性と同じく美人をお好みのようだが、せっかく好意らしきものをほのめかされてもいまいち踏みこめず、さらに漱石を訪ねてくる女性の多くが、「妙に思いつめちゃってる系」のように見受けられる。

きっと漱石の小説を読んで、「このひとなら私の気持ちをわかってくれるはず」と思う女性が多かったのだろう。それは小説家冥利《みょうり》につきることだけれど、自宅で女性と向きあって、ものすごく重い身の上話や、わけがわからない話（心の中心が直線だと言い張る）を逐一聞くのは、なかなか骨が折れることだと推察する。漱石先生、モテてはいるが、なんだかあまりうらやましくないモテかた！

この「残念感」も、漱石の随筆が持つ魅力のひとつだ。

ページをめくり孤島を思う

――『絶海の孤島』カベルナリア吉田《よしだ》・著（イカロス出版）

めずらしく東京で積雪があったので、弟と雪だるまを作る。三十歳を超えた姉弟が必死こいてするようなことなのか、と思うも、どんどん作成に熱が入り、最終的に百七十センチほどの巨大雪だるまが完成。満足だが、鼻が痛い。雪だるまの頭部を持ちあげる際、手がすべって巨大な雪玉が顔面を直撃したためだ。服もびしょ濡れで寒い。

作業を終えた私は、室内でストーブにあたりつつ、「南の島へ旅したいなあ」と夢想した。そこで本棚から引っぱりだしてきたのが、カベルナリア吉田の『絶海の孤島』だ。

これは、著者の吉田氏が日本全国の島を旅した記録である。「島」というと、なんとなく「南」のイメージがあるが、本書では山形県の飛島《とびしま》や山口県の見島《みしま》など、日本海側の島々も紹介されている。写真も多数収められ、眺めるだけでもとても楽しい。民宿で出たご飯の写真もちゃんとあって、食いしん坊としてはたまらぬ。

さらに素晴らしいのは文章で、旅行者としての自覚と慎みの視点を保持しつつ、しかしかなり率直に、島の印象や住人との交流が綴《つづ》られているのだ。いい面も悪い面も含め、各島の魅力が生き生きと伝わってきて、旅情をかきたてられる。特に、鹿児島県の悪石島《あくせきじま》と臥蛇島《がじゃじま》を紹介した章は白眉《はくび》。「臥蛇島慰霊特別便」に偶然乗りあわせた吉田氏は、元住人がフェリーから数十年ぶりに島影を眺める姿を目撃する。人間にとって故郷とはなんなのかが、胸に迫って感じられ、何度も読み返しては、そのたびに涙してしまうのだった。

　巨大雪だるまを見ながら、いまこの瞬間にも雪の降る、あるいは陽光きらめく、各地の島に思いを馳せる。実際にはなかなか旅に出られなくても、本を通して新鮮な風景と出会うことができる。

いとしすぎる「豆本」

――『人物略画式』『鳥獣略画式』鍬形蕙斎《くわがたけいさい》・筆（芸艸堂《うんそうどう》）

趣味がない。いや、本や漫画を読むのは大好きなのだが、好きすぎて社会生活に支障をきたすほどなので、履歴書の趣味欄に「読書」と安易に書いていいのかどうか、自信が持てない。徹夜で読書し、寝坊すること無数回。そんな人間を雇ってくれる会社はあるだろうか。「履歴書に記入する趣味は、もっとやんわりと好んでいるものにしてもらいたい」と言われてしまうのではなかろうか。

たしなみ程度の趣味を持つべく、必死になって書店の「趣味コーナー」の棚を眺めていたところ、芸艸堂の「和綴《わとじ》豆本シリーズ」を見つけた。

これは、縦十一・五センチ、横八・五センチほどの小さな和綴本で、中身は葛飾北斎《かつしかほくさい》や歌《うた》川広重《がわひろしげ》などが出版した絵手本（カット集）の復刻版だ。「有名絵師の描いたカットをお手本に、きみたちも風景や生き物をスケッチしてみたまえ」ということらしい。

「豆本シリーズ」のなかから、鍬形蕙斎の『人物略画式』と『鳥獣略画式』を購入。ページを開くと、ものすごくかわいくデザイン化されたひとや鳥や虫がいっぱい！　彩色もほどこしてある。

豆本を片手に、うさぎの絵を描いてみた。蕙斎はきわめて簡略な線で、うさぎのやわらかさを見事に表現しているが、それを手本にしたはずの私の絵は、枯葉が二枚突き刺さったまずそうな饅頭《まんじゅう》にしか見えなかった。

……江戸の有名絵師の絵をお手本にするというのが、そもそもハードル高すぎないか⁉　彼らのような絵が描けたら、画家として後世に名を残せるだろ！

趣味を持ちたい計画は早くも頓挫《とんざ》した。だが、「豆本シリーズ」は絵師の驚きの画力を手のひらサイズで楽しむことができ、おすすめだ。愛らしい造本なので、贈り物にしても喜ばれそうである。

スネ夫語の奥深さ

――『アサイラム・ピース』

アンナ・カヴァン・著／山田《やまだ》和子《かずこ》・訳（国書刊行会／ちくま文庫）

知人のIさん（女性）が、

「言葉って本当にむずかしいですよねぇ」

と、ため息をつきつつ言う。なんでも息子さん（小学五年生）が、Iさんの髪の毛をくんくん嗅ぎ、

「お母さんのくせに、いいにおいがする」

と言ったのだそうだ。

「くせに」がクセモノだ。言葉どおりに受け止めれば、『ドラえもん』に登場するスネ夫《お》がたまに言う、「のび太のくせに生意気だぞ」と同じ意味合いに思える。しかし、そうではあるまい。小学生男子ゆえに、言葉の使いかたをまちがえた。あるいは、お母さんからいいにおいがするのがうれしくて、照れてしまったのだという気がする。

いずれにせよ、なんてかわいらしいことよと、身もだえした。Iさんの息子の発言は、いろ

んな解釈ができる幅があるからこそ、そこにこめられた「お母さん大好き！」という気持ちが、かえって生き生きと伝わってくる。

アンナ・カヴァンの『アサイラム・ピース』を読む。書店でたまたま見かけて購入したのだが、素晴らしい短編集だった。カヴァンが淡々としたうつくしい筆致（翻訳がまた、とてもいい）で描きだすのは、言葉（つまり、思いや考え）が伝わらない恐怖と苛立《いらだ》ちとあせり、途方もない孤独である。

登場人物たちは混乱し、疲れはて、それでも必死に言葉を紡ぐ。不思議なことに、かれらが世界との断絶を感じれば感じるほど、描写される風景はよりうつくしく、言葉の意味は豊饒《ほうじょう》さを増していく。

薄っぺらでおためごかしな態度と言葉を拒絶し、他者と真に通じあいたいともがく登場人物たちの姿。その孤独は、本書を読む私たちにも覚えのあるものだ。明確でわかりやすい言葉が、「いい言葉」とは限らない。

日常の小事件

――『細雪《ささめゆき》』谷崎潤一郎《たにざきじゅんいちろう》・著（中公文庫ほか）

二十年ぶりぐらいに、谷崎潤一郎の『細雪』を再読する。大阪の旧家に生まれた四姉妹の話だ。

初読時は、「あまり事件が起こらない話だなあ」と思った記憶があるのだが、今回読んだら印象が全然ちがった。「豪雨で川が氾濫し、大変なことに！」とか、「奔放な四女・妙子《たえこ》が、アパートを借りて一人暮らしを！」とか、むしろ事件が起こりまくり。

しかし真にハラハラさせられるのは、実はもっと細かな部分なのだ。たとえば、三女・雪子《ゆきこ》は見合いを重ねるも、なかなか結婚できない。そんな彼女に、新たな見合いが持ちこまれた事実を、だれが、いつ、自尊心を傷つけぬよう配慮しつつ切りだすのか。むずかしい任務のなすりつけあいが、家族間で静かに繰り広げられる。

これだけでも手に汗握るのだが、「見合いの話がある」と家族がやっと打ち明けても、雪子は「ふん」と煮え切らないお答え。見合いしたいのか、したくないのか、どっちなんだ。読者はまたも固唾《かたず》を呑《の》んで、成り行きを見守らねばならない。

　こういう小事件が三ページに一回ぐらいは生じるので、読んでいて楽しいが疲れもする。現実に存在する、家庭や会社における人間関係の微妙なパワーバランス。「残り少なくなったトイレットペーパーを、だれが交換するかについての駆け引きと攻防」などに代表されるような、日常の些事。それらが見事に活写されているので、心地よくも疲れる読後感なのだ。

　人間関係がはらむ緊迫感と静かな衝突および譲歩の機微は、大人になって再読しなければ味わいきれないままだっただろう。この長編の最後を飾るトピックが「下痢」というのも、女性崇拝が極北まで行き着いた感があり、谷潤先生のかっ飛ばしぶりに震えずにはいられぬ。

太宰治と「人間失格同盟」

――『津軽』太宰治《だざいおさむ》・著（新潮文庫ほか）

これまで自分は活字が大好きで、本や漫画は生活に欠かせないと思ってきたのだが、四日ほどまえから某アイドルグループにどはまりし、かれらの映像を眺めつづけているせいで、ほとんど読書をしていない。

アイデンティティ・クライシス！　我が活字愛とは、こんなにも脆《もろ》く崩れ去るようなものだったのか！　活字より若い男子に夢中か！　惰弱《だじゃく》なり自分！

と己れを（脳内で）鞭《むち》打ったのだが、よく考えると私、何年かに一度は俳優やらサッカー選手やらに激しくお熱を上げ、読書もそっちのけの状態になっていたっけ。流行性感冒のようなもので、症状が少し落ち着けば、またしずしずと活字の世界に戻るのでした。俺はカモメ、おまえ（活字）は港。

お熱を上げる季節がめぐりくると、いつも思い出すのが太宰治の『津軽』だ。太宰治が故郷を旅したときの記録で、彼の作品のなかでも、私はかなり好きである。太宰治の愛すべき人間性と含羞《がんしゅう》の気配がうかがわれるからだ。

特に序盤、気に入った芝居の扮装《ふんそう》（つまりコスプレ）をしようと画策した少年時代の思い出を語るあたり、何度読んでも「ぎゃー！」と叫びたくなる。太宰自身、「これくらいの馬鹿は少かったかも知れない」と、かつての自分の行いを反省しているのだが、お気持ちよくわかります！　私も気に入ったものがあると、コスプレこそ勇気がなくてできないけれど、某アイドルのコンサートの曲順構成とか、だれにも頼まれてないのに考えるほど入れこんでしまうのです。恥！

「お熱の上げぶり」を通し、百年以上まえに生まれた太宰治と心で握手できたような、人間失格同盟を結成できたような、そんな気がした冬の午後。やっぱり読書っていいものだなあと、赤面しながら感慨にふける。

追記：本文でなにげなく書いた「俺はカモメ、おまえは港」という言いまわし、なんだか見覚えがあるような……。この本のゲラ（校正刷り）を確認しながら、ずっと考えていて、『ヨコハマ物語』（大和《やまと》和紀《わき》、講談社）のセリフではないか!?　と気づいた。子どものころからあまりにも読み返した作品であるため、脳に染みこんで、「引用」とすべきところを、自分で思いついたみたいに書いてしまったのだろうか。
急いで『ヨコハマ物語』を再読（たぶん軽く百回目ぐらい）してみたところ、竜助《りゅうすけ》（ヒーロー）が万里子《まりこ》（ヒロイン）に、「あんたはカモメみたいなものなんだ／この町やおれという港や……それらからはなれては生きてはゆけない……」と言っていた。

　空を自由に飛ぶ鳥に女性をたとえ、港という安らげる場所に自分をたとえるヒーロー像。「はなれては生きてはゆけない」と言いつつ、実際、竜助は万里子が自由に飛翔することを応援する男なのである。大和和紀先生の先進性と偉大さに改めて大きな感銘を受ける（この漫画が連載されていたのは一九八〇年代初頭）。

　それに比べて、「俺」をカモメに、「おまえ」を港にたとえた私の古さよ。引用ではなかったが、名台詞を無意識のうちに勝手に要約したような恰好になってしまったうえに、肝《きも》の部分をつかみ損ねている。先生の作品からいったいなにを学んだのかと反省しきりだ。あと、百回ぐらい読んだはずなのに、ちゃんと覚えていられないことも判明。私の記憶力、ほんとに大丈夫なのか？

　この項で言っている「某アイドルグループ」とはＫ‐ＰＯＰだ。それから月日が流れ、現在は映画『ＨｉＧＨ＆ＬＯＷ』シリーズをきっかけに、ＥＸＩＬＥ一族にはまっている。映画の登場人物を見習い（？）、スカジャンを着用。まさかコスプレを……、してしまっている!?　ぶるぶる。

本への書きこみは「時限爆弾」

——『ムーミン谷の彗星《すいせい》』トーベ・ヤンソン・著／下村隆一《しもむらりゅういち》・訳（講談社文庫）

暑くなってきました。

一人暮らしをいいことに、私は最近、自室で限りなく裸に近い恰好をしている。太ったカバのような肢体をさらし、でれーんと寝そべる日々。「カバ」から連想が働いたのか、寝そべりながら『ムーミン』シリーズを再読しています（ムーミンはカバじゃないですよ、自分！）。アニメ版の楽しい印象が強いムーミンだが、原作の小説は楽しさのなかに、そこはかとなくさびしい気配が漂っていて、それもまた魅力的だ。シリーズのなかでも、私は『ムーミン谷の彗星』が好きである。巨大彗星がやってきて、地球が滅びてしまうかもしれないことになり、ムーミン谷はパニックに陥《おちい》る。大人になって読み返すと、不穏さがより生々しく感じられ、「彗星接近」という事象に託して作者が描こうとしていることを、いろいろ考えさせられた。

しかしそれとはべつに驚いたのは、登場人物（「人物」か？）のスニフのセリフに、赤鉛筆で線が引いてあったことだ。そのセリフとは、

「一生、アイスクリームを食べられなくなってもいい」

とスニフが覚悟を表明する箇所で、子どもだった私は、「こ、こりゃ本気だ！」といたく胸打たれたらしい。

……子どもって、なにを考えてるんでしょうかね。たぶん三十年以上まえに自分で引いた線にちがいないと思うのだが、彗星よりもアイスクリームのほうに夢中だったとは。「アホなのか？」と頭を抱えてしまった。

むろん、線を発見した直後に、カバ状態のまま台所へにじり寄っていき、冷凍庫からアイスクリームを出して食べたのは言うまでもない。本への書きこみは、時限爆弾みたいに危険だ。後年、赤面＆太りを促進するはめになりかねないので、注意せられたし。

戦争 マイペースで考え続ける

――全集『戦争と文学』(全二十巻&別巻一冊・集英社／セレクション全八巻・集英社文庫)

夏になると、新聞やテレビなどで「戦争」に関する特集が増える。来年(二〇一五年)で終戦から七十年。戦争の記憶をいかに語り継ぎ、どうしたら戦争を起こさずにすむのかを考えつづけることは、今後ますます重要になってくるだろう。

そこで、夏以外の季節にも、自分のペースで戦争について考え、知っていきたいな、というかたにおすすめなのが、全集『戦争と文学』だ。戦争を直接体験したひとが少なくなりつつある「いま」の視点から、改めて戦争と文学について考え直そう、というコンセプトで編纂《へんさん》されている。大部《たいぶ》なので私も少しずつ読み進めているところなのだが、これが大変おもしろい。全巻を買うのは勇気がいるから、まずは図書館で借りるという手もアリだ。(※このエッセイを書いた当時は単行本しかなかったのだが、現在は精選版の文庫も出ているようなので、ぜひ購入もご検討ください)

たとえば、第五巻「イマジネーションの戦争」には、伊《い》藤《とう》計劃《けいかく》の『The Indifference Engine』

や秋山瑞人《あきやまみずひと》の『おれはミサイル』といった、戦争を知らない世代が書いた傑作短編が収録されている。現実世界で起こった戦争を題材にしたのではない、まさに「イマジネーション」の産物としての戦争文学なのだが、それが逆に現実を激しく照射し、戦争の本質を容赦なく炙《あぶ》りだす。

第十三巻「死者たちの語り」に収録された、井上《いのうえ》ひさしの『父と暮せば』は、何度読んでも涙と鼻水が迸《ほとばし》って大変なことになる。上演された舞台をテレビで見たときも涙腺が壊れるかと思ったが、戯曲もまた、眼科に予約を入れてから読んだほうがいいかもしれない。

第十九巻「ヒロシマ・ナガサキ」も重い読みごたえがある。特に、子どもの目に映った長崎の様子を淡々とした筆致で綴った、美輪《みわ》明宏《あきひろ》の『戦』を一読せられたい。

大切なことを忘れずに生きるために、この全集は非常に有効かつ示唆《しさ》に富んでいる。

怪異との海辺の恋に憧れる

――『南欧怪談三題』西本晃二《にしもとこうじ》・編訳（未來社）

最近の夏はやけに暑く、突然の雷雨が頻発している。拙宅も雷の影響でインターネット回線が使えなくなった。

機器の交換に来てくれた電話会社のひとによると、雷の対応に連日追われているそうだ。「修理するあいだにも、にわかに空がかき曇り、雷が鳴りだすんですよ……」と、彼はもはや諦めというか悟りの境地に到達したようであった。

おおいに同情したが、天候ばかりは人力ではいかんともしがたい。またも雷がとどろくなか、せめてこの蒸し暑さだけはなんとかしたいと、『南欧怪談三題』を読んだ。

ランペドゥーザの『鮫女《セイレン》』、A・フランスの『亡霊《もうじゃ》のお彌撒《ミサ》』、メリメの『ヰギヱの女神《ヴェヌス》』が収録された短編集だ。怪談といっても、身の毛がよだつというよりは幻想奇《き》譚《たん》に近いので、こわがりのひともご安心ください。

文化や気候がちがうと、この世ならぬ存在も「ひゅーどろどろ」とは出てこないようだ。どの話も、なんだか怪異の出現のしかたがあっけらかんとしている。陽光きらめく海からザバーッと登場したり、気づくとあたりまえの顔をして隣にいたり、やけに騒々しかったり。あまりに堂々とした態度なので、「おいおい、ちょっとは慎まんか」と読んでいて思うのだが、同時に、「あ、本当にそこにいるんですね……」と感じられもするのだった。

すべての登場人物（亡霊なども含む）の声が聞こえてくるような躍動的な訳も、怪異の実在感を高めている。私は特に、『鮫女』が好きだ。ひと夏の海辺の恋が、うつくしくエロティックに描かれる。相手が鮫女でも、そのあと人間相手では飽きたらなくなっても、こんな恋ができるなら悔いはない！　今年もまた恋の気配なく終わらんとする我が夏の、読書報告でした。

心理学にかぶりつく

――『オオカミ少女はいなかった　心理学の神話をめぐる冒険』
鈴木《すずき》光太《こうた》郎《ろう》・著（新曜社／ちくま文庫〔増補版〕）

「心理学」と聞くと、私はやや身構える。どうしよう、無意識の欲求を暴かれてしまうかも。「昨夜は野球する夢を見ました」「ふむ、野球はバットとボールを使う競技ですからな。あなたは十中八九、欲求ふま……」「ぎゃーっ。武士の情けじゃ、みなまで言わないでくだされ！」といったことになるのではあるまいか（↑心理学への誤った認識）。そんな不安があるからだろう。

だが、心理学に対する警戒心や誤解を、丁寧に解きほぐしてくれる本があった。『オオカミ少女はいなかった　心理学の神話をめぐる冒険』だ。（※現在は、『増補　オオカミ少女はいなかった　スキャンダラスな心理学』というタイトルで、ちくま文庫になっている）

たとえば、「オオカミに育てられた少女の知的能力は、ほとんど発達することがなかった」という、もっともらしい「実話」がある。「幼児期や児童期の環境や教育がいかに大切かを如実に示す例として」語られることが多い。

ところが、この話は実際は、オオカミ少女を「発見」し報告したひとの捏造《ねつぞう》なのだそうだ。少なくとも、大幅な脚色がほどこされた話であると、その後の調査や研究で明らかになっている。

同じようなことは、「サブリミナル効果」についても言えるのだが、私なぞはこれまで、「あわわ、サブリミナルで心を操られちゃうのか」と無闇に恐れていた。

本書を読み、反省しきりだ。まっとうな心理学の研究成果を知ろうともせず、根拠なき俗説に振りまわされ、ついには心理学そのものに苦手意識を持つようになっていただなんて、バカみたいだ。

ひとの心の謎に迫るため、慎重かつ真摯《しんし》に実験や調査や研究を積み重ねる。この本には、心理学の本当の姿、学問としての重要性が、素人の私にもわかりやすく書かれていた。食わずぎらいはやめだ！　眉唾説を見抜けるよう、今後は積極的に心理学の本にかぶりついていこうと決めたのだった。

真理を求める数学者たち

――『完全なる証明　100万ドルを拒否した天才数学者』
マーシャ・ガッセン・著／青木薫《あおきかおる》・訳（文春文庫）

「数」がよくわからない。「関数」はむろんのこと、「分数」すら説明しろと言われたら言葉に詰まる。「数の子」は正月に食べた。おいしいから好きだ。

「数」についての私の認識はその程度で、つまり究極の文系人間なのだが、にもかかわらずというか、だからこそというか、理数系の世界に興味津々だ。素人にもわかりやすく書かれた物理学や数学や宇宙の本を、つい手に取ってしまう。数式が登場するたび、意識が「ゼロ・グラビティ」状態になって浮遊するのを感じるが、諦めずにふがふが読む。理数系の人々が、どんな方法で、どういう理想を胸に、真理に迫ろうとしているのか、知りたくてたまらないからだ。

マーシャ・ガッセンの『完全なる証明　100万ドルを拒否した天才数学者』は、「ポアンカレ予想」を証明した、ロシア人数学者ペレルマンの人物像に迫った本だ。と、したり顔で書いたが、「ポアンカレ予想」がなにを「予想」しているのかさえ、私には理解不能である。とにかく、数学上のむずかしい問題なのだ。うむ。

その難問を見事に証明してみせたペレルマンは変人で、栄誉も賞金もすべて拒絶し、いまは隠者同然の暮らしを送っているという。当然、取材も拒否。

そこで著者のガッセン氏は、周囲の人物への丹念なインタビューを通して、ペレルマンがいかなる人物なのかを浮き彫りにする手法を採った。だが、当事者間で記憶が食いちがうこともしばしばだし、同じ出来事に対する印象や評価もひとそれぞれだ。ガッセン氏の地道な取材ぶりは、聞きこみ捜査のようですごくスリリングである。

ペレルマンは（そしてガッセン氏も）、ユダヤ系として旧ソ連で生まれ、数学の英才教育を受けた。国家と差別、国家と教育という問題をも射程に収めた、誠実な一冊だ。

多様な職業知り希望と勇気が

――『世にも奇妙な職業案内』

ナンシー・リカ・シフ・著／伴田良輔《はんだりょうすけ》・訳（ブルース・インターアクションズ）

明日は月曜日か。あーあ、会社（や学校）に行くのやだな。家でごろごろしていたい。そんなふうに憂鬱《ゆううつ》な気分になっているかたもおられるだろう。

かく言う私も、在宅仕事で通勤の手間はないにもかかわらず、「ごろごろしていたい病」にかかっている。仕事に対する意欲ナッシング。パソコンに向かっていても、「今夜なに食べようかな」ということばかり考えており、気づくと冷蔵庫内の整理および清掃に勤《いそ》しんでいる始末。

やる気が著しく低下したとき、ナンシー・リカ・シフの『世にも奇妙な職業案内』を眺める。これは、「ナイフ投げのアシスタント」「競馬場入場曲ラッパ手」「女装学校校長」など、変わった職業に就くひとを紹介する写真集だ。仕事に励むみなさんの表情がとてもいいし、それぞれの職業についての短い解説文も気が利いていて楽しい。

世の中には、こんなにも多種多様な職業があるのかと思うと、なんだかちょっと希望が湧いてくる。地球上のどこかに、私に向いている職業もきっと存在するはずだ（幻想）。満を持してその職業に転職したとたん、「救世主現る！」「天才とはこういうものか！」と業界が騒然とするであろう（夢想）。困ったことに、私に向いている「その職業」がなんなのか、まるで見当がつかないのだが……。

ま、私の愚にもつかぬ幻想や夢想は置いておくとして、本書は「仕事」というものの本質をさりげなく教えてくれる。どういう職業でも、それを求めるひとがいるから成立するのだし、どんなに変わった職業に就いていようとも、だれもが毎日こつこつと働いていることには変わりないのだ。こりゃあ、「ナッシング」とか言ってる場合じゃないぞ。本書を眺めるたび、いつも少し勇気づけられる。

湯船でひもとく『源氏物語』

――『謹訳　源氏物語』林望《はやしのぞむ》・訳（全十巻・祥伝社文庫）

涼しいを通り越し、寒くなってまいりました。風呂が嫌いで、というよりも衣服の着脱が嫌いで、外出の予定がなければ五日ぐらいはシャワーも浴びずにいるわたくしも、さすがに湯船に浸かるようになり、入浴剤なども使って、バスタイムをゆっくりと満喫しております。

優雅な口調は疲れるので、通常に戻す。せっかく湯船に湯を張ったからには、なるべく長く浸かっていようと企むのが貧乏性なところ。そこで登場するのが本だ。本があれば、「もう風呂には飽きたなあ」と五分で湯船から飛びだそうとするのを防止できる。

最近湯船で再読していたのが、林望の『謹訳　源氏物語』だ。これが素晴らしい訳で、『源氏』初心者の私でもわかりやすく楽しく味わえる。特に、作中で登場人物が詠む和歌の意味が、物語の流れを妨げることなく、本来の豊潤さを十全に湛《たた》えたまま、ストレスなく読者に伝わってくるのがありがたい。

また、「宇治十帖」をこんなにおもしろく読めたのもはじめてだ。これまで私は、「うじうじした三角関係に陥りおって」と、いらいらするばかりだったのだが、『謹訳 源氏物語』でようやく、現代にも通じるディスコミュニケーションの話だったんだなあと、深く得心がいった。

終わりかたもすごい。「物語をどこで終わらせるか」は非常にむずかしく、センスが問われる部分だと思うが、『源氏』のラストは（改めて申すまでもないが）傑作の名に恥じぬ余韻と思い切りのよさ！　というようなことも、『謹訳 源氏物語』を読んで、しみじみと感ずることができた。

「『源氏物語』を読んでみたいけど、いきなり原文は無理だしなあ」と尻込みしているかたに、ぜひにとおすすめしたい。長風呂しすぎて全身がふやけたが、悔いなしだ！

私が求婚されない理由

――『私たちがプロポーズされないのには、101の理由があってだな』
ジェーン・スー・著（ポプラ文庫）

初詣に行き、「努力できる人間になれますように」と今年もお祈りしました。祈りが届いたためしがない。みなさまはどんなお正月を過ごしましたか？

初詣以外で私が正月にしたのは、ジェーン・スーの『私たちがプロポーズされないのには、101の理由があってだな』を読み、来しかた行く末について熟考することだ。「プロポーズされない理由」が具体的に百一個も挙げられている時点で気が遠くなるが、すごく鋭い分析がユーモアたっぷりの文章で綴られているので、「ひーっ、もうやめて！」と悲鳴を上げつつも笑ってしまう。

ちなみに、私が当てはまった項目は二十一個でした。案外少ない？ それには理由があってだな、項目1の「そもそも、彼氏がいない。もう3年以上」に付《ふ》箋《せん》が立ってしまったからなのだな。そこでつまずいている身で、プロポーズにまつわる話題を云々できるはずがない。

本書が素晴らしいのは、「結婚しろ」とも「するな」とも押しつけないことだ。経験と観察と思考に基づく報告書といった感じだろうか。男女関係のみならず、人間関係全般で必要とされる気づかいや想像力といったものに、改めて思い至る。たとえば項目15、「誕生日やクリスマスに、彼の好みを変えようとするプレゼントを贈ったことがある」。イタタタ、自分本位な行いでした、すみません。

　この本を男性にもぜひ読んでいただき、男性操縦テクに秀でていない女性の苦闘と苦悩とトンチンカンぶりを知ってほしい。操縦テクのある女性に、いいように転がされてる（ように見える）男性が多すぎるよ。そんな男、勝手にやってればって話ですけどね。あ、「そういうテクにひっかかる男は、全員バカだと思ってしまう」（項目57）。イタタタタ。

我が心のベルサイユ

私はいま、ベルサイユにおります。いえ、飛行機が苦手なので、残念ながらフランスのベルサイユには行けません。心のベルサイユにいるのです……！

のっけから妙なテンションで申し訳ない。東京宝塚劇場で、月組公演『ベルサイユのばら　オスカルとアンドレ編』を見たのだ（二〇一三年）。明日海《あすみ》りおがオスカル役の回だったのだが、凜《りん》として、情熱的で、優しくて茶目っ気もある、理想的なオスカルさまでした。感涙にむせぶ。

超有名な作品ではあるが、念のため説明すると、オスカルさまは男装の麗人で、貴族の家に生まれながら、フランス革命で民衆側について戦う。原作は池田理代子《いけだりよこ》の漫画で、これはもう乙女のバイブル。いや、人類のバイブルかもしれん。恋や華麗なる宮廷生活のみならず、「人間にとって本当に大切なことはなにか」がちゃんと描かれていて、私は幼少のころから何度読み返したかわからない。オスカルさまのように強く優しくうつくしいひとになりたいものだと念じてきたが、道のりは遠い。

『ベルサイユのばら』は一九七四年に宝塚で舞台化され、以降、人気演目として繰り返し上演されている。華麗な少女漫画が、生身の役者さんによって立体化し、華麗な宝塚の舞台になるのだから、うっとりの嵐で酸欠状態に陥る。そりゃあ、我が心もベルサイユへ旅立つってものだ。

舞台版ではオスカルさまが、いろんなおじさんたちから「女のくせに」と言われる。一公演で百回は言われたんじゃないか、と思うほど頻繁に言われる。しかし宝塚だから、そのセリフを発するおじさんを演じているのも、女性なのだ。さらに言えば、「オスカルさま役は男役が演じる」という伝統がある。ふだんは男性の役を演じている女性が、『ベルばら』の公演にかぎっては、男装している女性を演じるのだ。性別の概念が多層的すぎて、見てるうちに脳が混乱をきたす。だが、混乱してくらくらする感じが、トリップ感というか観劇の高揚感を増幅し、よりいっそう食い入るように舞台を見てしまうのだった。そもそも現実の生活においても、性自認や生物学的な性別を、単純に男と女に分類できると考えるほうがナンセンスですしね。

性別の境界を揺るがし、超え、無化していくことで生じる魅力。これは旅の魅力と酩酊《めいてい》感に通じるなと思った。国境や県境や自宅の壁を越え、新しい世界と出会う。ふだんの自分のテリトリーから踏みだすドキドキ感や、固定観念に揺さぶりをかけてくるような発見があるから、旅は楽しいしスリリングなのだろう。

宝塚観劇を通し、思いがけず旅への意欲が高まった。現実のベルサイユに行きたいなあ。

脳内イメージを覗き見

拙著を映画化していただけることになり、映画の撮影所にお邪魔した。スタジオに組まれたセットでの撮影を見物しにいったのだ。

小説内に登場した、「古い木造二階建ての下宿屋さん」が、スタジオに出現していた。ちゃんと階段もあり、床板も柱も歳月を経た風合いで黒光りしているうえに、台所にはいまふうではない洗剤の缶、壁には旧式のブレーカーと、細部まで作りこまれている。いますぐ住めそうなほど、リアリティが充満した二階屋だ。

「映画のスタッフのみなさんは、大工さんの棟梁《とうりょう》としても一旗あげられるのでは……」と思えるほどの完成度。「ほえ〜」と感嘆しまくり、探検気分で各部屋を覗いて歩く。そして、ふと思った。三次元の建築物である、この下宿屋さんのセットを通し、私はいま、自他の脳内を旅しているのではあるまいか、と。

小説は文章だけで表現するものなので、書いている当人も、情景を隅々まで思い浮かべてはいない。「古い下宿屋さん」と書いていても、廊下の幅がどれぐらいなのか、ましてや壁のブレーカーの存在なんて、まったく想像もしていなかった。

その、モヤモヤッとしていた脳内イメージが、いま、下宿屋さんのセットとしてこれ以上ないほど鮮明に実体化し、自分は室内を歩いてまわっているのだ。異様に現実感のある夢のなかを旅するようで、不思議な感じだった。

同時に、そのセットは、スタッフのかたがシナリオや小説を読み、文章からイメージした下宿屋さんを、実体化してくださったものでもある。つまりスタッフのかたが、文章を各々の脳内でどう解釈し、どう再現したかを、セットという現物を通してありありと知ることができるのである。

通常は、他者の脳内イメージをそのまま完璧に自己の脳内に投影することなどできない。でも、小説を映像化し、セットとして表現する行為を通して、他者の解釈や脳内イメージが、目で見て、場合によっては触ることすらできる「実物」に変じるのだ。異様に鮮明な他者の夢に侵入したかのような体験だった。

「映画を見る」という行いはすべて、他者の脳内イメージを我が事のように覗き見る行いにほかならないのだな、と思い至る。スクリーンに映しだされる情景は、ふつうなら決して見ることができないはずの、他者の脳内の風景だ。映像表現が刺激とスリルに満ちた「体験」であるのは、自分以外のひとの視線や人生を旅できるからなのだと、納得がいった。

『まんが道』と「松葉」のラーメン

以前、川崎市の「藤子《ふじこ》・F《エフ》・不二雄《ふじお》ミュージアム」へ行った友人と私は、F先生の作品とお人柄の素晴らしさはもちろんのこと、トキワ荘時代の青春のきらめき感にも改めて胸打たれた。そこで我々は、「今度は『松葉』のラーメンをぜひとも食べにいこう」と誓いあった。

「松葉」とは、東京都豊島区南長崎（旧・椎名町）にいまもあるラーメン屋さんで、藤子不二雄Ⓐ《エー》先生の『まんが道』などの作品に登場する。トキワ荘は「松葉」のすぐ近所にあったため、住人の漫画家さんたちは若かりしころ、このお店のラーメンを頻繁に食べていたのだ。

チューダー（焼酎のサイダー割り）を飲みつつ、「松葉」のラーメンを食べる！　引っ越し蕎麦のかわりに、「松葉」のラーメンを食べる！　それは漫画好きたちの永遠のロマン！

五月のよく晴れた日、友人と私は満を持して「松葉」へと向かった。『まんが道』で読んだとおり、二又《ふたまた》にある交番のところを右へ入ると……、あった！　「松葉」があった！　それだけで感涙にむせび、外観を写真に収める私たち。トキワ荘詣でをするファンには慣れているようで、お店のかたはあたたかく見守ってくれた。

さっそく店内に入り、ラーメンとチューダーと餃子を注文。おおお、なつかしい味のラーメンだ。子どものころよく食べた、「昔ながらの東京の醤油《しょうゆ》ラーメン」である。餃子もおいしいし、チューダーはいくらでも飲めそうなさわやかさだなあ。昼からいい気分だ。

満腹になった私たちは、「松葉」と至近距離にあるトキワ荘跡へ行った。いまはビルが建っているが、門や塀で囲われてはおらず、敷地の一角にあるトキワ荘の記念碑を見ることができる。なんという粋《いき》なはからい。ビルの持ち主のかたに内心で感謝を捧げつつ、またも写真を撮りまくる私たち。

しかし、『まんが道』での描写と見比べてみるに（文庫版をぬかりなく持参した）、当時といまとでは建物の入口の位置がちがう気がする。付近を探索した結果、「トキワ荘時代は、こっちの通りから路地を入っていく造りだったのではないか」という地点を発見し、満足する私たち。漫画に関することとなると、だれに頼まれたわけでもないのに、異様な熱心さを見せるのであった。

かつてトキワ荘があった一帯は、目白通りのすぐそばに位置するにもかかわらず、どこかのんびりしたムードを漂わせている。いまの漫画の隆盛はこの地があってこそなのだと感慨深く、トキワ荘に住んだ先生がたに思いを馳せながら、友人と私ものんびりムードで散歩した。

追記：二〇二〇年、トキワ荘跡地近くの南長崎花咲公園に、「豊島区立トキワ荘マンガミュージアム」ができたそうだ（このエッセイを書いたのは二〇一三年）。また行かねば！

夢中ということ

電車内でスマートフォンを見ているひとが多い。私は、電車内でひとがなにを見ているのか（読んでいるのか）が異様に気になるたちなので、隣にいるひとのスマホ画面を、ついついちらっと拝見してしまう。

たいがい、ゲームをしていたり、アプリでだれかにメッセージを送ったりしている。なるほど、と思い、私自身は本を読んだりボーッとしたりしながら、電車で運ばれていく。

「こんなにみんながスマホに夢中じゃ、そりゃあ本や雑誌は売れませんよ」と嘆くかたもいるが、私はスマホが悪だとは思わない。私が電車内でスマホを見ないのは、ただ単に、揺れる環境で動きのあるゲーム画面を目にすると酔うから、そしてメッセージを送りたい相手が特にいないからというだけだ。いや、べつにさびしくはない。ほんとに、さびしくなどない！（必死感）

「電車内で多くのひとがスマホばかり見ていること」が、あまり肯定的に語られない気がするのは、もしかして「夢中度」が高いからだろうか。たしかに、なにかに夢中になっている姿はクールとは言いがたい。「周囲をそっちのけで、あんなちっちゃい画面に夢中になるなんて見苦しい」という気持ちが、「スマホめ」的発言につながるのかもしれない。

しかし、スマホだけを責めるのはおかどちがいだろう。私は、電車内で夢中で文庫を読んだり、魂が浮遊する勢いで夢中でボーッとしたりしている。「夢中」は、クールな態度ではないかもしれないけれど、悪いことではない。夢中でスポーツに打ちこむひとと、夢中でスマホにメッセージを打ちこむひと、なにもちがいはないだろう。もちろん、電車内で夢中でスポーツに打ちこんでいるひとがいたら、「迷惑だから、ここではやめてほしい」と注意されてもしかたがないとは思うが。

ところで私は最近、原因不明のめまいに襲われるようになり、「もしや寿命か？」と怯えていたのだが、なんのことはない、寝るまえにスマホを見過ぎていただけだった。自宅の本棚から本があふれてひさしく、ついに電子書籍も導入することにした。それで寝しなに、ふがふがとスマホ画面で電子書籍を読みまくっていたら、尋常じゃなく目が疲れたらしい。

スマホめ！　と、そのときだけはやつあたりじみた感情が湧いてきたが、気づいたこともある。江戸時代人で書物が好きなひとも、こういう気持ちだったのではなかろうか。

行灯《あんどん》などは、いまの電灯とは比べものにならないほど、光源として頼りないものだったはずで、その乏《とぼ》しい灯《あか》りのもと、夢中で書物を読む江戸時代人。眼精疲労が著しく、「書物！　拙者がめまいに襲われるのは、こんなものがあるせいだ！」と憤ることもあっただろう。「落ち着いてください、あなた。悪いのは書物でも行灯でもなく、結局のところ、夜なべしてまで書物に夢中になってしまうあなたご自身ではありませんか」。たしなめる妻。「んぐぐ、まあそのとおりではあるのだが、正論を言われるとますます腹が立つのはなぜだ！」

なにが言いたいかというと、「人間はいつの時代もなにかに夢中」ってことだ。あと、「『あんなものに夢中になるなんて』と眉をひそめられる対象は、時代によって変わる」ってことだ。二宮尊徳《にのみやそんとく》の銅像を思い浮かべてください。薪を背負って運びながら書物を読んでるんですよ？　歩きスマホと一緒じゃないですか。江戸時代には絶対、「あいつ、どんだけ書物に夢中なの？　まじウケる。薪運ぶか書物読むか、どっちかにしろって話だよな」って言われてたはずですよ（個人の見解です）。にもかかわらず、あの姿が後世、銅像にまでなった。二宮尊徳が偉大なひとだったから、というのはもちろんだが、本や読書に対する人々の価値観が変わったため、という理由もあるのではないかと推測する。

読書って、知らなかった世界を知ることができるし、楽しいものだなあ。人々のそういう思いが、本および読書の地位を徐々に高めたのではなかろうか。しかし現在、知らない世界への扉を開いてくれたり、楽しい時間をもたらしてくれたりするものは、本だけに限らない。むしろスマホのほうが有効な局面が多々ある。多くのひとが本よりもスマホに夢中になるのは、当然のことだ。

人類の歴史から考えれば、本もスマホも、「ひとを夢中にさせるもの」としては新参者。たとえば縄文時代とかには、「あいつ、どんだけドングリが好きなの？」と、眉をひそめられるひともいただろう。しかしドングリに夢中すぎたおかげで、そのひとは「おいしい実がなる木」を見極めることができ、しまいにはみんなから感謝され、頼りにされるようになった、ということもあったかもしれない。

夢中になる対象がなんであってもいいんじゃないかと、個人的には思う。夢中になることを通し、ひとは新しい世界を知ったり、そこで得た「よきこと」を周囲に還元したりしてきたのではないか、という気がするからだ。本でもスマホでもスポーツでもドングリでも、自分にとってしっくりくる「夢中になれるもの」を、自由に選べる世の中であること。それがなにより一番大事なことだ。

穴に落ちる

若者の読書離れを心配するかたが多いのか、「高校生に向けて、読書の楽しさをエッセイでアピールしてください」といったご依頼がたまにある。それで、「高校生のときかー。なにしてたっけなあ」と必死に記憶を掘り起こす日々を送りつつ、某バンドのライブに行った。ステージを眺めていて、

「あ。私、高校生のときも、このバンドのライブに行ってたな」

と改めて気づく。

二十年以上存続してるバンドについては、純粋にすごいと思うが、二十年以上同じバンドを好きでいつづけている自分の持続力というか執念深さは、我ながらやや怖い。

私はだいたい、一度なにか（だれか）を好きになったら、いつまでもいつまでも好きだ。ある瞬間、ストンと穴に落ちるようになにか（だれか）を好きになる。穴のなかが真っ暗でも、胸もとあたりまで泥が溜まっていたとしても、そこから出ようとは思わない。手探りで内部を探検し、「おお、かなり奥行きがあるぞ」とか「壁から変なキノコが生えている！」とか、小さな発見をしては一人で喜んでいる。「飽きる」という感覚があまりないのだと思う。

だから、高校時代といまとで、やっていることはほとんど変わっていない。某バンドのライブに行くこともそうだし、本（漫画含む）もずっと読みつづけているし、高校のころの友だちとはいまでも友だちだ。「好きになったら一途《いちず》」と言えば聞こえがいいが、「変化・成長がない」とも言えるかもしれない。永遠の高二病ていうか、むしろ中二病。いやだな、それは。

ただ、「一度好きになったら、ずっと好きなまま」という自分の傾向はわかっているので、私は非常に用心深い。なんでもかんでも好きになっていたら、好きなものが鈴なり状態で我が身にのしかかってきてしまい、心身ともに非常に疲弊するのだ（なにかを愛するには、精神力や時間やある程度の金銭が必要だということは、おわかりいただけるだろう）。

そのため、めったなことでは穴に落ちないよう、足もとにはいつも気をつけている。「流行に乗って、次から次へとなにかに興味を抱く」ようなことは、したくないしできない。自分がなにを求め、なにを愛する人間なのかを知るべく、できるだけ慎重に内心の声に耳を傾けるよう努めてきた。つまり、「広く浅く」タイプではなく、「狭く深く」タイプなのである。

落ちるときは一瞬。落ちたら永遠。

私は自身の経験上、それが「愛する」ということだと思っているのだが、どうやらそうとばかりも言えないらしいと、大人になってから気づいた。私の小説を読んだかたから、「登場人物の恋がいつも唐突にはじまりますね」と指摘を受けることが多いのだ。

えっ。だって恋愛にかぎらず、なにか（だれか）を好きになるときって、どんなに慎重を期していても、自分でも理由がわからないぐらい唐突で、でも好きになってしまったからには対象物をもっとよく知りたい、感じたい、たとえ途中で困難があっても好きでいつづけたいともがく。そういうもんじゃないの？

　そういうもんでもないらしい。落ち着いてまわりを見てみると、なにか（だれか）を「好き」と感じている自分の気持ちは本当なのか、どういう理由で好きになったのかをちゃんと考えてから、「うん、好きだな」と納得して言動に移すひとがいる。究極の慎重派かつ、私とちがって理性派だと見受けられ、頼もしい。あるいは、好奇心の赴くままにいろんなもの（ひと）を好きになり、一定期間燃えあがったらすっきりして、また次の好きなもの（ひと）を見つける、というひともけっこういる。なるほど、広い世界を知ることができて、それもなかなか楽しそうだ。また、特になにか（だれか）に燃えあがることもなく、のどかに生きているように見えるひともいる。平和的かつ省エネ的で、それもわりといいかもしれない。

　なにか（だれか）を好きになるのに、「こうしなければいけない」という絶対的な手順や作法は存在しない。「絶対になにか（だれか）を好きにならなければいけない」という決まりもない。心の赴くまま、自分に合ったやりかたで、ただ生きればいい。私の場合、「狭く深く」が性に合っており、結果として高校時代から代わり映えのしない生活を送っています、面目ない。ということでした。

　いま思えば、私が一番最初に落ちた穴（＝好きになったこと）は、「読書」だった。物心ついたときから好きで好きで、四十度以上の高熱が出た日を除き（あと、アイドルにお熱になったときを除き）、たぶん毎日、本（漫画含む）を読んでいる。

　読書を通してなにかを得たいわけではない。「なんらかの見返りを期待する愛」など、愛ではないだろう。好きでたまらないから読む。それだけである。

「好き」の表現のしかた、好きになるかならないかは、私たちそれぞれに許された自由だ。心は自由だ。だから、読書が好きじゃないからといって、読書以外にも好きなものがなにもないからといって、あせったり気おくれしたりする必要はまったくない。

　もしもなにか（だれか）を好きになったら、ひるんだり恥ずかしがったりせず、「好きだ」と感じている自分の気持ちを直視すればいいのだと思う。同時に、独りよがりにならぬよう、好きになった対象物（相手）について、なるべく想像力をめぐらすようにする。好きになれるものやひとがなくても、きらいだったり苦手だなと感じるものやひとばかりだったとしても、「じゃあ自分は、どんな生きかたや社会を求めているんだろう」と考えてみる。それがきっと、「世界を知る」ということなんだろう。

　私は、読書をはじめとする、いままで好きになったすべてのものやひとを通して、他者を知ったし、自分自身を知ることもできた。これからも知りつづけていければいいなと願っている。見返りを求めず、ただ愛するだけ。ここで言う「愛」の実態は、なにか（たとえば自分のなかの好悪の感情）を感受し、考えつづけるということなのかもしれない。感じ、考えつづけたさきに、見返りは求めていなかったにもかかわらず、なんらかの豊穣《ほうじょう》がもたらされるのではないかという気がする。

そういうわけで、「読書の楽しさをアピールしてください」と依頼されても、私は主旨に応えたエッセイをいつもうまく書けない。一生懸命考えてみても、行き着く結論は同じで、「無理に読書を好きになる必要などない」としか思えないからだ。ほかにもっと好きなこと、楽しいなと感じることがあるのなら、自由にそれをすればいいし、好きなことがなにもなくても、なんらあせる必要はないのではないか。

それぞれに合ったタイミングというものがある。感じ、考えつづけるのさえやめなければ、いつか、それぞれの心が求める「好き」だったり、「居心地がいい場所」だったりにたどりつけるはずだから、諦めたり不安になったりしなくて大丈夫。高校生に（&かつて高校生だったころの自分に）伝えたいことがあるとすれば、それぐらいだ。

追記：この項で言っている「某バンド」とはＢＵＣＫ－ＴＩＣＫ《バクチク》のことだ。二〇二二年にめでたくデビュー三十五周年を迎え、ますますかっこいい。私の執念深き愛も、おかげさまで衰えを知らず燃え盛り、ライブ会場に赴いては毎回感涙にむせんでいる。

4章　悩めるときも旅するときも

記憶は「ひと」とともに

飛行機が苦手なので、旅といえば国内ばかりだし、主な移動手段も当然ながら鉄道になる。たいがいは一人旅だ。

どこもいい場所ばかりだったが、特に印象深いのは島根県だ。レンタカーを借り（鉄道での移動が主と言っておきながら、早くも車を借りている）、目的地も定めず県内をのんびりと東から西へ走った。

たくさんの神社、充実した博物館の数々。温泉も入りまくったし、コンビニのお弁当もひときわおいしく感じられた。旅先のテンションによる錯覚？　いやいや、水がいいのではないだろうか。なぜ旅に出てコンビニのお弁当を食べているのだ、と自分でも思うのだが、慣れない運転で猛烈に腹が減り、ついおやつがわりに……。おやつにお弁当を……。

島根には学生時代にも行ったのだが、そのときに八重垣《やえがき》神社で「縁占い」をした。池に硬貨を載せた薄紙を浮かべ、すぐに沈んだら結婚も近い、というような占いだった。私が浮かべた薄紙＆硬貨は、むろんまったく沈む気配がなく、池の奥のほうまでゆらゆら流れていき、縁石にいつまでも引っかかっていた。それを見て、一緒に行った友だち（彼女の薄紙＆硬貨はすぐに沈み、その後、占いの結果のとおりとなった）と居合わせた宮司さんらしき男性に爆笑された。

ぐぬぬ……、と思っていたので、のちにレンタカーで一人旅をした際、私はひそかにリベンジを試みた。今度もやはり、沈まなかった。だれもいないのを見はからって、指でちょっと紙をつついて沈ませた。神意にそむくような行いをしたせいか、むろんいまも結婚できていない。霊験《れいげん》あらたか……！

ちなみに学生時代にチャレンジしたとき、宮司さんらしき男性は笑いすぎてひーひーしながらも、「まだお相手に出会っていないということですよ。紙が遠くまで流れていくということは、お相手は遠方にいるのかもしれません」とおっしゃってくださった。縁石に引っかかって沈まなかったのが気になるが、私のお相手は宇宙人とか来世で会うひととかなのかもしれない。希望は捨てずに生きていきたい。

旅のなにが楽しいって、やはり「だれかと出会えること」だと思う。夕日に輝く宍道湖《しんじこ》も、山々の濡れたように深い緑も、とてもうつくしかった。けれど、「友だちと行ったときも一人で行ったときも、島根への旅はとっても楽しかったなあ」と思い返すとき、脳裏に浮かぶのは出会った人々の姿だ。

笑いながらも優しく慰めてくれた宮司さんや、ふらりと入った小料理屋の女将と常連客のおじいさんたちや、博物館で案内係をしていた女性。みなさん親切で愉快なひとたちだった。車を運転するうちに迷子になり（カーナビがあっても迷う）、農道で停車してどうしたものかと思っていたら、わざわざ畑仕事の手を止めて近づいてきて、道を教えてくれたおばあさんもいた。

もし、ひとっ子一人いない土地へ行ったとして、そこがどんなにうつくしく雄大な景色だったとしても、私の場合、それほど記憶には残らないのではないかと思う。旅先の風景は、そこで出会ったひとたちがいてこそ、大切な記憶となって脳に収納される。お互いに名前も知らないし、もうお顔も忘れてしまったが、あたたかい手触りのようなものや相手の振る舞いは、いつまでも明確に残っている。

島根が特に印象深いのには、「ひと」のほかにもうひとつ理由があって、往復の交通手段が寝台列車だからだ。車窓に顔を近づけ、流れていく夜の景色を眺める。そのうち、列車の揺れに眠りを誘われ、横になる。目が覚めるとすがすがしい朝の光のなか、列車は途中駅に停車中で、カーテンを閉め忘れてぐーぐー寝ていた姿を、ホームにいる人々に目撃されてしまっていたりする。

眠る人々を乗せて夜を走る列車にはロマンがあるし、飛行機に乗れない身としてはとてもありがたく便利でもある。「サンライズ出雲」に乗って、また島根に行きたいなと思っている。

ロボコップ再生

仕事が少々立てこんでしまい、このごろ旅ができていない。部屋に引きこもり、パソコン画面を眺めつづける毎日だ。

必然的に、こりがひどくなる。肩こりだけでなく、腰こり、頭皮こり、腕こり、尻こりと、こりは徐々に範囲を広げていった。ある日、なんだか脇腹がピリピリしはじめ、「すわ、帯状《たいじょう》疱疹《ほうしん》か！」と思ったのだが、皮膚にはなんら変化がない。どうやら脇腹までもがこりに見舞われ、筋肉痛的症状が出たもようだ。贅肉《ぜいにく》のみで構成されていると思った私の脇腹にも、筋肉があったのか。感涙にむせぶ。

いや、喜んでいる場合ではない。ほぼ全身に及ぶこりをこのまま放置しては、ロボコップみたいな動きしかできなくなってしまう。私は、近所にあるマッサージや指圧の店をいろいろさまよった。これも一種の旅と言えよう。ちょうどいい力加減で、「そこー！」という部位を揉みほぐしてもらうには、相性も肝心だ。「このひとだ！」という施術者とは、なかなかめぐりあえなかった。さまよいは二カ月を超えた。

だが、ロボコップは諦めなかった。ガシーンガシーンと歩きつづけ、とうとう、岩盤のごとき肉体をうまく揉んでくれる指圧師さんと出会ったのだ。施術台にうつぶせに寝たロボコップは、ぐいぐい揉まれる心地よき痛みに、「ぐおおお」と吼えずにはいられなかった。十分ぐらいで吼え疲れ、ロボコップがぐったりしたので、驚いた指圧師さんが、「ちょっとお客さま、大丈夫ですか⁉　事切れてませんか」と声をかけてきた。ロボコップは頑丈なので、問題ない。容赦なくつづけてくれたまえ。

　当初は六十分の予定だったけれど、途中で、「それでは到底たりない」と指圧師さんと私の意見が一致し、結局九十分間揉んでもらった。おかげさまで、ロボコップはロボじゃなくなりました！（もともとコップでもなかったわけだが）

　施術台に身を起こした私は、全身の血流がよみがえり、うっすら汗をかいていた。ふぃー。温泉に入ったみたいに、爽快な気分だわい。お湯に浸かってないのに湯治《とうじ》気分を味わえるとは、やっぱり指圧っていいもんだなあ。

　ロボコップ時代は、首まわりに妖怪が取り憑いてるのかと思うほど可動域が狭かったのだが、揉んでもらったら振り返れるようになった。これで仕事にも専念できる。

　ところが、帰宅したとたんベッドに直行し、思うぞんぶん惰眠をむさぼってしまった。ダメじゃん！　温泉に九十分間浸かったようなものなので、そりゃあ疲れて寝るよな……。

悶絶の時間旅行

雨のなか走っていたら、足をすべらせてまえのめりに転んだ。その瞬間を一時停止したとしよう。たぶん私は、空飛ぶスーパーマンのごとき体勢だったにちがいない。実際は飛んでおらず、腹ばいで地面にのびてたわけだが。

そっとあたりをうかがうも、幸い目撃者はいないようだ。こんなときにも体面を気にしてしまうちっぽけな己れを呪いながら、もぞもぞと起きあがってズボンをめくりあげてみた。膝にすり傷と打ち身ができていた。

膝小僧をすりむくなんて、二十年以上ぶりだ（今回は油断したが、運動音痴なので、なるべく走らないように日ごろは心がけている）。たいした怪我でもないのに、けっこう痛いな、おい！

うちの近所にはチビッコが多く、道で転んでは泣いている姿をしょっちゅう見かける。そのたび、「あらあら、大丈夫？」などと思っていたのだが、大丈夫じゃない。転ぶとたしかに痛い、という事実を思い出した。傷の痛みに加え、「大人なのに転んで膝小僧をすりむいた」こと自体もなにやら情けなく、ちょっと泣けてきたほどだ。

足を引きずり帰宅した私は、仕事で必要な資料を探しはじめた。たしか収納に突っこんであるはず……。床に膝をつくと痛いので、中腰の姿勢で戸棚の奥の段ボール箱を手探りする。

資料は見つからず、かわりに写真数枚を発見した。学生のころの自分だ。思わず、「ぎゃっ」とうめいて尻餅をついた。

なにそのビニールみたいにぬらぬらした質感の黒いロングスカート！　なにその脳髄を揺さぶらんばかりに鮮やかな青い上っ張り！　なにその着かたがよくわかんない、破けたようなワンピース！　学生時代の自分、正気か。

私はいまも、どちらかといえばコンサバ系より珍妙な服を好む傾向にあるのだが、センスを軌道修正しなければ。このままでは、あと十年後には確実に、写実的なトラがドカーンとアップリケされたトレーナーを着用している。そして、昔（つまり、現在）の自分の写真を見て、「あらやだ、変な恰好して」と身もだえする羽目になる。実はいまでも、「あのトラ、けっこうかっこいいよな」と思ってるぐらいなのだ……。

写真は段ボール箱の奥底に封印し、よろつきながらシャワーを浴びる。ぐおっ、そういえばすり傷って、すごく染みるんだったぜ……！

痛みの再体験やら恥ずかしい写真やら、時間旅行ができるのは、それなりに年齢を重ねた大人だけの特権だ。あまり欲しくない特権だが。

追記：このエッセイを書いてから十年が経つが、案の定、センスの軌道修正はできず、珍妙な服を着つづけてしまっている。

　コロナ禍でいよいよ家に引きこもる生活になったせいか、知らぬまにまた太っていたようで、先日ひさしぶりに喪服を着ようとしたら入らなくてあせった。そのときはもうどうしようもなく、「喪服以外のなにものでもない」という顔をして単に黒い服を着用し、故人に手を合わせつつ心で詫《わ》びる。たぶん笑って許してくれたと思う（そういうひとだった）。

　しかしこれは早急に、喪服にもなる黒いワンピースを新調する必要があるぞと思い、後日、欲望百貨店（新宿伊勢丹のこと）へ行くも、トンチキな色と柄のサルエルパンツに惹き寄せられてしまった。なんで!?　店員さんも、「えっ、喪服が入らなくなったって言ってなかった？」と思ったのだろう。さりげなく、「お客さま、ほかのお色味の服はご覧にならなくてよろしいですか。黒とか……」と注意喚起してくれたおかげで、ハッと我に返り、無事に黒いワンピースを選ぶことができました。トンチキサルエルも買ったけど。

　写実的なトラについては、かろうじて踏みとどまっている。だが正直に言うと、写実的な馬の顔（正面）がドカーンとアップリケされたTシャツは持っていて、主に競馬場へ行くときに着ている。馬を驚かせるような服を、競馬場へ着ていってどうする。トンチキ服が災いしたのか、馬券は全然当たらない。

鞄と外出欲

「旅行鞄の持ち手が次々にちぎれる」という話を、以前にどこかで書いた。その後、ちぎれ防止対策としてキャスターつきの小型キャリーケースを買い、旅の際には引きずって歩いている。

しかし、ゴロゴロと音がうるさい。アスファルトの道だと特に、雷鳴もかくやという轟音《ごうおん》を立てる。早朝、家を出てバス停まで行くときなど、静かな住宅街に響くゴロゴロ音に身が縮む思いがする。

だいたい、いくら小型だといっても、二泊程度の旅にキャリーケースはおおげさだ。旅気分が高まるという効果はあるが、キャリーケースの中身はほとんど空気。なのに雷鳴なみのゴロゴロを奏でているのかと思うと、小心者なので、「すみません」と謝りたくなってくる。

そうこうするうちに、ふだん使っているバッグも壊れた。内側の布が破けてしまい、糸がニョロニョロ垂れてくる。バッグとしての形状自体が瓦解《がかい》寸前だ。しかたがないので、ちょっとした旅も、ふだん仕事でひとと会うときも、スーパーへ買い物に行くときも、特大の布製エコバッグで対応することにした。頑丈なのが取り柄の、なんのおもしろみもないデザインだが、もはやこのエコバッグが最後の砦なので贅沢は言っていられない。

「いついかなるときも（オシャレさが皆無な）エコバッグを持っているひと」として、なんとか一年ほど乗りきった私は、自分に対して猛然と怒りが湧いてきた。働いた金をすべて漫画につぎこんでいる場合か。鞄を買え！

そこでまず、持ち手がちぎれたままだったボストンバッグを、近所の鞄修理のお店へ持っていった（頑として新品を買わない姿勢）。白くて柔らかな革製で、とても気に入っている鞄なので、捨てられずにしまっておいたのだ。「本を詰めこんでも大丈夫なようにしてください」と言ったら、お店のひとがぶっとい持ち手をつけてくれた。わーい！

生まれ変わったボストンバッグを見てテンションが上がり、ようやく、ふだんに使う鞄のほうは新品を買おうと決意。超ド派手な柄でスパンコールまでついている布バッグと、大判の紙類も入る四角い鞄を購入しました。エコバッグひとつを使いまわしていたくせに、突如として複数の鞄を使いわける身に。へへっ、いまの私は鞄長者だぜ。

すると、旅も含めて外出が楽しくなってきた。「どの鞄にしようかな……」。じゃ、今回はきみ」と、ささやかなモテ気分を味わえて、うきうきする。イケメンはデートのたびにこういう気持ちなのか、いいなあ（イケメンへの偏見）。やはり鞄は、日常と旅を彩る重要なアイテムだ。

一見にしかず

旅に出るのもいいが、ひとから旅の話を聞くのも楽しいものだ。

私の弟は、「体育会系なのに、やや引きこもりに近いほど極度の出不精」という、説明がむずかしい性格（生活スタイル？）の保持者だ。スポーツをしに出かけるとき以外は、休日はたいてい家で寝ている。

そんな弟が、友だちと沖縄に行ったらしい。「どうだった？」と尋ねたところ、「まあ楽しかった」と素っ気ない。そのわりに、携帯で撮った旅先の写真を自慢げに見せてきた。

……人間が写った写真が一枚もない。水族館の魚ばかりが、画面に延々と表示される。海の生き物が好きな弟は、友だちの姿よりも、めずらしい魚を写すことに夢中だったようだ。

せっかく沖縄に行ったのに、品川の水族館に行ったのと変わらない写真の群れ。私は少々がっかりした。しかし気を取り直し、

「そういえばあなた、物心ついてはじめて飛行機に乗ったんじゃない？　怖くなかった？」

と聞いたら、

「怖いに決まってるだろ！」

と、弟は逆ギレ気味に言う。「あれはとんでもない乗り物だな。俺は先日、東京スカイツリーにも上ったんだが」

「いつのまに、そんな話題のスポットに！　出不精のくせに生意気な」

「友だちが上りたいって言うから。俺だけ下で待つのも変だろ」

「それで？　どうだった？」

「怖いに決まってるだろ！　あれはとんでもない塔だな。高さがありすぎて、もはやなにがなんだかわからないぐらいなんだが、『いま俺、とんでもない高所にいるんだ』と思ったとたん、ものすごい恐怖がこみあげてくる。早く下りたくてたまらなかった」

せっかくスカイツリーに上ったのに、自宅の屋根に上っても抱きそうな感想。どんな景色が見えたのかとか、売店ではなにを売ってたのかとか、周囲の人々がどういう反応を示していたのかとか、もっといろいろ語ってほしいのに。

こんなに惹きこまれない旅の話ははじめてだ。がっかりの極致に達した私をよそに、

「たまに旅行するのは、なかなかスリリングな経験だった。だが俺は、どちらかというと家で寝ていたい」

と、弟は話を締めくくった。

あんたは、旅をするセンスが壊滅的にない！

やはり、旅の話を聞くよりも、自分で旅に出るほうがいい。そう教訓を得たのだった。

土産の良縁効果

留守番をしていたひとに、旅気分をお裾分《すそわ》け。実際に旅に出なくても、まだ見ぬ土地へのロマンをかきたててくれるもの。旅の醍醐味は、土産にもある。

自分が太古の地球人類で、狩りに明け暮れていたらと仮定してみよう。マンモスを仕留めて肉を手に入れれば、目的は達したことになる。でも私は、狩りの途中で見つけたきれいな小石も、我が家（洞穴）へ持ち帰ると思うのだ。友だちや家族に小石をあげ、「いやあ、今回の狩りはスリリングだったよ」などと、マンモスの肉を食べながら、無事の再会を喜びたい。小石をあげた相手は、マンモスがのし歩く遠い氷原へ、思いを馳せることだろう。

待っていてくれるひとがいるから、喜んでもらえそうな土産を旅先で探す。そう考えると、土産文化っていいもんだなあと、しみじみする。

しかし残念なことに、私は土産を選ぶセンスが壊滅的なのだ。自分では「いい！」と思って、カッパの置物とかミニチュアの埴輪《はにわ》とかを選ぶのだが、あげた相手は「……ありがとう」と微妙な反応を示す。なんで？　かわいいのに！

最近では無難に、おいしそうなお菓子をチョイスすることにしている。喜んでもらえるけど、なんだか安全パイすぎてつまらないんだよな（土産物に「危険な香り」を求める必要はない気もするが）。

そんなモヤモヤを抱えていたある日、親しい仕事仲間（女性）が、良縁を心底から欲していることを知った。私は俄然《がぜん》、やる気になった。いや、良縁を次々に紹介したのではない。そんな手持ちの札があったら、とっくに私が結婚している。

旅に出るつど、その地域で評判が高い縁結びのお守りを、土産として買うことにしたのである。袋状のもの、ピンクの招き猫、トウガラシ形……。由緒正しい神社の、さまざまな縁結びのお守り。仕事仲間は、私から土産のお守りを受け取るたび、律儀に財布に入れたり部屋に飾ったりしていたらしい。

二年ほど経ち、そろそろお守りの効果も表れたころだろうと、私は彼女に恋愛関係の近況を尋ねた。

「なにもありませんよ！」

と仕事仲間は言った。「思うに、三浦さんがほうぼうの縁結びのお守りをくれたから、神さま同士が喧嘩しちゃってるんじゃないでしょうかね」

私は、「とんだ濡れ衣だ！」と言いたかったが（たぶん神さまたちも）、彼女がやや本気で憤慨した様子だったので、謝罪するほかなかった。

無難な土産選びを心がけます。

眠る旅

最近、睡眠病にかかっている。とにかく寝ても寝てもまだ眠い。一日平均十四時間は寝ている気がする。怠《なま》けはじめたら歯止めが利かない、在宅仕事の恐ろしさ。

これじゃいかん。思い切って気分転換するのもいいかもしれないと、紅葉で混雑しはじめるまえの修善寺《しゅぜんじ》へ行ってきた。一人で温泉に浸かったことがばれたら大事《おおごと》なので、母も誘う。共同浴場は露天風呂、部屋にもミニ風呂がある旅館に泊まって、上げ膳据え膳ライフのはじまりだ（一日だが）。

ところが、眠気は一向に去らない。部屋へ案内されたとたんに居眠り。母に引きずられるように露天風呂へ行くも、山の冷たい風吹く洗い場で、洗髪の途中にして居眠り。「寝るなー、寝たら死ぬぞー」と母に裸体をはたかれ、なんとか体を洗い終えて湯に浸かるも、そのまま沈没。ぶくぶくぶく……。

鼻から湯が入って意識を取り戻す。いま、かなり死に近づいたぞ。なぜ起こさん。と隣の母を見たら、「温泉を満喫するニホンザル」みたいに目を細めて、暮れゆく空など眺めている。お湯が気持ちよすぎて、睡魔と戦う娘の存在などすっかり忘れたもよう。これはもう、自分の命は自分で守るしかない。

　悲壮な覚悟を決めるも、部屋に戻ったらまた眠い。仲居さんが配膳してくださった料理を、夢うつつでいただく。ふだん食べてる自作の哀しい料理に比べ、あまりにもおいしすぎるがゆえに、ますます夢のなかで食事している感が高まる。デザートの柿を胃に収めた時点で布団に撃沈。

　炊き込みご飯を食べられなかった……（お碗を持つ腕力が失われていたので、ご飯はすっ飛ばして柿を食べたのである）。宿のかたが、残ったご飯を厨房でおにぎりにしてくれたらしい。翌朝目覚めると、ラップに包まれてテーブルでうつくしく整列していた。ありがたし。朝食まえにおにぎりをたいらげ、朝食も完食する。明らかに食べすぎだが、長時間睡眠をしたせいで猛烈に腹が減っていたのだ。

　部屋のお風呂で朝からあったまり、体力回復！　何日も悩まされた睡眠欲はようやく去り、ひさしぶりに脳も体もすっきり覚醒したのだった。さすがの温泉パワーだ。

　母はと言えば、死んだように眠る私をよそに、夕飯後に再び露天風呂に入ったり、部屋でのんびりテレビドラマを見たり、夜食と称しておにぎりを一個食べたり（明らかに食べすぎだ）、温泉ライフを一人で堪能したらしい。私たち親子は、ふだんも、旅行中も、一致団結できないということが改めて判明した。

オヤジのポテンシャル

群馬県の谷川温泉に行った。旅館のロビーからは、谷川岳を正面に眺めることができる。大きな双眼鏡が置いてあったので、雲の合間に見え隠れする谷川岳の、急峻《きゅうしゅん》な斜面を観察。こんなに険しい山に挑むひとがいるとはなあと、時間が経つのも忘れて見入る。

景色だけでなく、お風呂も食事も大満足の宿だったが、ここで残念なお知らせをしなければならない。そんな素敵な宿に、両親と行ったのだ……。

私はここ数年、母と各地の温泉に行き、そのたびに「親と旅行なんて、もうこりごり。次は絶対に恋人と行く！」と巌《いわお》のごとき決意を固めてきた。しかし今回はなんと、母だけでなく父もついてきてしまった。目標地点から三歩後退、といった感がある。

宿までの道中、父と私のあいだで、「どっちが宿代を持つか」に関し、熾烈《しれつ》な牽制《けんせい》およびプレッシャー合戦が繰り広げられた。ま、この合戦については、私が勝利を収めた。夕飯のときに酒を飲んで、酔っ払った父の気が大きくなったのを見はからい、「宿代はもちろんお父さんが払ってくれるよね」「うん」と言質《げんち》を取ったのだ。武将たるもの（?）、合戦時に酔うなど笑止！　常日頃、肝臓の鍛錬を怠らない吾輩を、父も見習うがよろしかろう。

しかし、父のパワーもなかなかすごかった。父はふだん、風呂上がりにヘアトニックを頭に振りかけているのだが、このにおいが母と私にはきわめて不評だ。甘ったるさとオヤジ臭がブレンドされ、えもいわれぬ悪臭と化すからだ。

そこで旅行中は、宿の部屋に備わっていたヘアトニックを、父に使ってもらおうということになった。ためしに手に数滴落として嗅いでみたら、さわやかな香りだったので、これなら大丈夫だろうと母と私は判断したのだ。

温泉に浸かってご満悦の父は、私たちの言うままに宿のヘアトニックを頭に振りかけた。すると……、さわやかな香りだったはずのヘアトニックが、えもいわれぬ悪臭に変じたのである！　部屋に充満するオヤジ臭。

なんで!?　高原の白樺林を吹き抜ける風のようにさわやかな香りを、どうして梅雨時に三日間穿《は》きつづけた靴下みたいなにおいに変えられるの!?　ほとんど魔法としか思えない。「オヤジ」という肉体が秘めたポテンシャルの高さに、母と私は完全降伏した。

父には、どんなヘアトニックを買い与えても無意味だ。

今回の旅で得た、新たな知見である。心底から恋人募集！

尖石遺跡と縄文の日常

夏はとっくに終わってしまったが、今年（二〇一三年）の「夏休みの思い出」として、個人的には「尖石《とがりいし》遺跡に行ったこと」が挙げられる。夏休みというか仕事だったのですが、楽しかったなあ。

長野県茅野《ちの》市の尖石遺跡では、縄文時代の住居跡や土器などが大量に発掘された。尖石縄文考古館には、国宝の土偶《どぐう》「縄文のビーナス」をはじめとする出土品が展示してある。

とにかく圧倒的な数の縄文式土器の群れだ。素晴らしく細工が緻密でうつくしいものも多く、「おおー」と思わず声が出た。石棒《せきぼう》（男性器の形をした石の棒。大小さまざま。生命力の縄文人的表現？）を展示したコーナーもあり、「きのこの山」のごとき様相を呈していた。お、おおー……。

「土器攻撃」とでもいおうか、あまりの質と量に驚き、見物の合間に少々休憩したくなった私は、広いバルコニーに出た。床でセミがひっくり返り、激しく鳴いて暴れまわっていた。正しい姿勢に戻してやりたいが、断末魔的に激動しているので、触るのがちょっとこわい。

どうしたものかと遠巻きに眺めていたら、昼休みに入ったらしく、職員のおじさんがバルコニーにやってきた。おじさんはセミに気づき、臆することなくつかんで、手すりに載せた。セミもおじさんも「やれやれ」といった風情で、バルコニーから緑の木々を眺める。

しかし、セミはもう弱ってしまっているのだろう。手すりをつかんでいられなくなったのか、またも床面に落下し、ひっくり返って暴れはじめた。おじさんは即座にセミを救出し、再び（しかし最前よりもいっそう慎重に）手すりに載せてやった。セミの背中を指さきで優しく撫でてから、おじさんは視線を緑の木々へ移す。セミも静かになって、おじさんと並んで木々のほうを向いていた。

私はなんだかふいに、縄文時代からこういう光景が繰り返されてきたにちがいない、と確信した。おじさんは、「いいことをした」とは特に思っていないふうだった。苦しそうな生き物がいたので、少し手を貸してやっただけ、という感じだ。もしかしたら縄文人は、セミを見たら、「貴重なタンパク源だ」とばりばり食べちゃったかもしれない。

しかしそれでも、縄文の昔から、人間と人間以外の生き物は、こうして寄り添ってきたんだろうな、と思えてならなかった。バルコニーに並んで立つおじさんとセミ。かれらの視線のさきにある木々のざわめき。こういう情景を何万回も繰り返しながら、私たちは生きてきたし、これからも生きていくのだろう。

プロレスは異次元旅行

両国国技館にはじめて行った。とはいえ、相撲を見にいったのではない。残念ながら、相撲は生で見たことがない。

知人に誘われ、「新日本プロレスＧ１クライマックス」（二〇一五年）を観戦してきたのだ。プロレス生観戦も、これで二回目のド素人なので、用語とかいろいろまちがっていたらすみません。

いやあ、楽しかった！　女性ファンや家族連れも多く、場内が一体となって熱戦に歓声を送る。飲食ＯＫなので、枡席《ますせき》にビールやらおつまみやらを置き、ちょっとしたピクニック気分も味わえる（リング上で次々にすごい技が決まるので、そっちに夢中になってしまって、ビールはぬるくなりがちだったが）。

午後三時から三時間半以上、いくつもの試合を見たけれど、あっというまだった。「ぎゃー、痛い！」とか「おおー！」とか言いっぱなしだったので、声がかれました。最後に行われた棚《たな》橋弘至《はしひろし》選手と中邑真輔《なかむらしんすけ》選手の優勝決定戦など、素人にも伝わってくる気合いと緊迫感が充満していて、崇高ですらあった。同行者も私も、感極まって涙したほどだ。私はどちらかというと、負けてしまった中邑選手を応援していたのだが、なんかもう、勝敗とか、そういう次元を超えていた。見ていて腹の底から熱くなり、うつくしさと強さが切なくさえ感じられる、素晴らしい試合だった。

プロレスファンは、勝ち負けではない部分に重きを置いているようで、いい試合をした選手すべてに惜しみなく拍手と声援が送られる。強さや技のキレがある選手だけではなく、ユーモラスだったり一途さやプロレス愛が感じられたりする選手も、ファンに深く愛されているみたいだ。つまり、価値観に多様性がある。そこもすごく胸打たれる点だ。

いろんな体型や持ち味の選手が、宙を舞ったりちょっと卑怯な手を使ったりと、リング上で大活躍。笑えて、興奮できて、きらめきがまぶしくて、これ以上のエンターテインメントはそうはあるまい。あんなに叩きつけられたりのしかかられたりしたら、ふつうの人間なら死んでいる。プロレスラーたちの鍛えあげられた身体が宿す迫力を見るだけでも、ありがたくて寿命がのびる心持ちがする。と、金剛力士像を拝むおばあさんのような発言をしたくなるほど、とにかくすべてがすごいのであった。

超人たちの祭りを見て、異次元を旅したような気分で国技館をあとにする。プロレス観戦は今後もつづける所存だが、国技館の雰囲気もすごくよかったので、今度は大相撲もぜひ見にこようと思った。

追記：その後、何度か大相撲も見た。横綱（当時）の白鵬《はくほう》が、お肌の張りと輝きといい、やわらかそうだがパツパツに詰まってるんだろうなと思わせる肉の質感といい、取組まえに漂わせていた静かな緊張感といい、うつくしい仏像のようだったのが印象深い。白鵬関の相撲には賛否両論あったように思うが、私みたいなド素人が見ても、「こりゃ強そうだぞ」とたたずまいから感じさせる、説得力のある肉体と雰囲気だったのはまちがいない。道で行きあった白鵬関に喧嘩を売る無謀な人類はおらんだろう（たとえ白鵬関がおすもうさんの恰好をしていなくても）。

さて、私がこれまで最大級に輝きを感じた三大エンターテインメントは、「宝塚、ＥＸＩＬＥ一族、新日本プロレス」なのだが（順不同）、共通点ってなにかあるかなと考えてみるに、以下のようなことだ。

一、ご本人たちが内側から発する輝きももちろんすごいが、物理的にも照明づかいが独特かつまばゆい。

宝塚を例にするとわかりやすいが、舞台が青っぽく沈んだ色調の照明で照らされているときですら、「出演者の顔がよく見えない」ということがない。あと、男役トップスターが銀《ぎん》橋《きょう》で歌い終え、「余韻……」ってなりつつ暗転するとき、ピンスポットがどんどん絞られていき、最後の最後に顔だけ照らしたのちにふっと消える。あの照明づかい、宝塚以外で見たことなくて、ものすごい技術だと感服するのだが、とにかく照明の明暗と動きに絶妙な緩急がついており、否応なしにテンションが上がる。舞台のうえにいるひとたちも、かれらを輝かせようと全力を尽くすスタッフたちも、プロ中のプロなんだなと感じられ、大好きだ。

　輝き（物理的にも）、これは大事だ。
　二、そう考えると、自分の好みがよりわかってくる。私はエンタメにおいては、「未完成なひと（まだ技術などに修業の余地がある若いアイドルや役者さん）」を応援する気持ちに乏しいようだ。
「このひと、ダイヤの原石だぞ」と早いうちから目をつけ、成長と成功を喜ぶ、という楽しみかたもあるのはもちろんわかるが、私自身は、「ちょっとダンスが下手だけど、そこもかわいい」みたいな観点が欠落している。たぶん、心が狭いからだと思う。いついかなるときも「プロの技」を堪能したい派なのだ。完璧なステージ、あるいは試合で、我が心を圧倒してほしい。「こ、こんな素晴らしいものを見せてくださって、ありがたい……！」と、有無を言わせぬ実力でなぎ倒し、ひれ伏させてほしいのだ……！（書いてるうちに高まった）
　新日本プロレスを見たときがまさにこの状態で、常人なら死んでるような技の連発に加え、観衆を盛りあげてくれるマイクパフォーマンスまでもがすごくて、「ここまでの肉体とサービス精神を獲得するまでに、このひとたちはどれほどの鍛錬と経験を重ねたんだろう」と思うと、感激とありがたさで涙があふれてならなかった。
　隙が見当たらないほどプロ、これも大事だ。

三、最後に、白鵬関と同様の「仏像感」も必須になってくる。

仏像とは輝きであり、拝まずにはいられない肉体美である。肉体美はまた、プロ根性の表れとも言えるだろう。プロレスラーやＥＸＩＬＥ一族は筋肉系の肉体美なので、「ああ、仏像っぽいかも」とおわかりいただけるかと思う。じゃあ細身な宝塚のみなさんはといえば、私のなかでは平等院鳳凰堂《びょうどういんほうおうどう》の壁にかかってる彫刻、「雲中供養菩薩《うんちゅうくようぼさつ》」である。比較的細身でやわらかな曲線の五十二体の菩薩たちが、筋斗《きんと》雲《うん》みたいなのに乗って踊ったり楽器を奏でたりしている、あれだ。ありがたい。

とにかく私は、三大エンタメを見ているあいだじゅう、ずっとプロの技に圧倒されて拝みつづけており、物理的光量のまばゆさもあいまって、見終わると目がしぱしぱする。たぶん仏教が伝来した当時、日本列島に住んでいた人々も同じような気持ちだったのではないか。音楽（読経）ときらめき（仏像や装飾品）が、東京ドーム的巨大建造物（寺）の薄闇のなかに響きわたり、浮かびあがる。そして圧倒的な美と迫力をもって、この世のものとも思われぬ（曼荼羅《まんだら》的な）世界が展開されるのだから、そりゃたまらないものがあっただろうと推測される。

仏教すげえ！　と思う気持ちと、三大エンタメすげえ！　と思う気持ちのちがいは、信仰心の有無ぐらいではないか。いや、エンタメに対して財布の紐がゆるみがち、という事実を考えれば（お布施《ふせ》）、もはや紙一枚の薄さほどの差違すらないような気もする。

となると、エンタメが常にはらむ危険性も見えてくる。つまり多くのひとは、美と光と音楽に弱い。それらをうまく絡めあわせれば、ひとの心に恍惚感《こうこつかん》をもたらし、よくない考えかた（たとえば排他的であるとか）にだって容易に誘導できてしまうのではないか。

そこを警戒するあまり、私は三大エンタメを見て拝むあいだも、「だまされないぞ……」と一時間に一回ぐらい自分に言い聞かせるよう努めているのだが、やっぱりきらめきがすごいから、「だはー、無理！　まばゆい！」ってなっちゃいますね。「宝塚、ＥＸＩＬＥ一族、新日本プロレス」は、基本的に人間の善なる部分に焦点を当てた陽性のエンタメなので、うまく我に返れなくてもまあ大丈夫だと思うんですけど。しかし、せめて見終えたあとに何度も反芻《はんすう》し、「いま見たものはなんだったのか。もし、悪い意味で心に引っかかる点があったとすれば（めったにないですが）、それはなぜなのか」と考えるようにはしている。

出た、オタクの得意技、反芻＆分析！　エンタメが大好きだからこそ、ねちこく味わってしまうし、エンタメの力を信じるからこそ、そこにひそみこませることができる危険性についても考えてしまいがちなのだろう。

父の入浴作法

断じて恒例にしたくないのに、なぜか恒例になってしまった感のある、年に一度の親との旅行。今回は両親と湯河原の温泉旅館に行ってきた。

発端は父だった。ある日、私が外出を終えて帰宅すると、一人暮らしのはずの部屋がきれいになっている。「すわ、泥棒か」と思ったのだが、大量の紙ゴミや雑誌類を束ねてくれる親切な泥棒なんているだろうか。もしや、と近所に住む父に電話してみると、「おまえの留守中にちょっと立ち寄ったら、あまりに部屋がひどい状態だから、お父さんが片づけておいたぞ」とのこと。

お恥ずかしい……。感謝の言葉を述べたところ、父はそれをさえぎるように、

「いたたたた、老骨に鞭打って必死に掃除をしたせいで、腰痛が再発してしまった。これは温泉で療養するほかない、とお父さん思うんだが！」

と言い放った。……どうなんでしょうか、いい年して娘に温泉旅行をたかる父親というのは。

しかしまあ、世話を焼かれてしまったのは事実なので、母も誘って温泉に行くことにしたのである。まったく、高くついた掃除（しかも、頼んだ覚えがない）だったぜ。

湯河原には行ったことがなかったのだが、いいところですね！　海からわりとすぐに坂になって、そのさきには緑の山が連なっている。つまり、温泉に浸かりつつ海と山の幸をおいしく味わえるし、保養地でありながら住宅地でもあるので、駅前もいい感じに活気づいている。

宿の部屋には、小さな露天風呂がついていた。お互いの隙を見て、風呂へ突進する両親と私。三人いると、だれが風呂を占有するか、けっこう熾烈な争奪戦になる。

母と私が窓辺で涼んでいると、争奪戦に敗れ、一番最後に露天風呂に入ることになった父が、「ぷは〜」と湯船に浸かるのが視界の端に映った。

「げげっ、見たくない……」

「あんなにお湯をあふれさせちゃって。体積を減らせって、いつも言ってるのに」

私と母が覗き見ていることに気づかず、父は湯船で猛然と頭を揉みしだきはじめた。「深遠な謎が解けず苦悩する哲学者（しかし太っている）」なみに、ワシワシと揉んでいる。

「なにしてんの、あれ」

「どうせ、毛根を活性化させようとしてるんでしょ。髪の残量に対してだけは神経質なんだから。そんなことより、家の風呂場の排水口に溜まった抜け毛を、そのつどちゃんと拾ってもらいたいわよ」

父の入浴作法を思いがけず知ることになった、春の温泉旅行であった。

富士山愛

取材で静岡県へ行った。四月のすごく晴れた日で、新幹線の新富士駅を出ると、真っ正面にドーンと富士山が見えた。

おおー。太宰治は、「あんな俗な山」とあえて（？）斜に構えてみせたが、やっぱり富士山を見ると、「おおー」となるな。今年（二〇一四年）は雪が多かったので、富士山も半分ぐらいまで真っ白なまま。山開きも平年より遅く、静岡県側は七月十日になるそうです。

しかし、地元のかたは富士山を見慣れているからだろうか、いちいち「おおー」と立ち止まったりせず、すたすた歩いていく。クールでかっこいい。はしゃいでしまったのがちょっと恥ずかしく、平静を装ってタクシーに乗りこむ。

そしたら運転手さん（地元民）が富士山愛の激しいひとで、「俺と富士山のメモリアル」について熱く語りだした。よかった、やっぱり見慣れていても、富士山には「おおー」となるものなんだ。

運転手さんによると、富士山にゴミを不法投棄していく不届きものが、あとを絶たないのだとか。

「一時期よりはましだけど、ひどいもんですだよ」（語尾が「ですだ」な運転手さん）

「なにを捨てていくんですか」

「車やら家電やら布団やら、なんでもですだ！　わたしが見たなかで一番妙だったのはねえ、ゴミ袋いっぱいに詰めこまれた黒いズボン。あれはたぶん、中学生の制服のズボンですだ」

二十年ほどまえ、運転手さんは木の手入れをするために仲間と山へ入り、それを発見したのだとか。

「新品ですだよ。若い仲間が穿いてみて、『こりゃいいや』って、友だちのぶんも何着か持って帰った」

「運転手さんは？」

「わたしも試してみたけど、糖尿の気《け》があるもんで入らんかったの。残念だったなあ。縫製も生地もしっかりしてるし、まっさらなのに、なんであんな大量にズボンを捨てるかね」

ものを大切にしない違法な業者に、運転手さんはおかんむりだったし、そういう輩《やから》に富士の裾野を踏み荒らされることを深く憂えているようだった。

運転手さんが中学生のころは、いまほど登山道が整備されておらず、山中で二泊ほどしながら富士登山をしていたのだそうだ。

「腐らないように、酢飯で握ったおにぎりを大量にリュックに詰めたもんですだよ」

「登山中、ずっと『酢おにぎり』なんですか？　運ぶの重いし、ちょっと飽きそうですね

「……」

「食べりゃあ、徐々にリュックは軽くなるから、大丈夫！ 風景がなによりのおかずで、楽しかったですだ」

富士山に登ったことがないと言ったら、「ぜひ登らなきゃ。いまは途中まで車で行けるから楽ですだ」と強く勧められた。すがすがしき富士山愛だった。

追記：運転手さんの語尾が「ですだ」だったことについて、いわゆるエッセイ的に「盛ってる」表現だと思うかたもおられるかもしれないが、そうではない。本当に「ですだ」とおっしゃっていた。静岡（あるいはそれ以外の、運転手さんの出身地）の方言なのか、運転手さん独自の言いまわしなのかはわからない。しかしなんとも軽妙で味わい深く、富士山的おおらかさをも感じさせる、いい「ですだ」だった。

富士山には未だ登っていない。山頂まで車で行けるようにならないかぎり、今後も登らないかもしれないなという気がする。それは「登る」とは言わないし、私はどんだけ体を動かすのがいやなんだ。高柳克弘《たかやなぎかつひろ》の名句、「ことごとく未踏なりけり冬の星」をつぶやきながら、夕焼けをバックに浮かびあがる富士山のシルエットを、京王線八幡山《はちまんやま》駅のホームから遠く望むのであった。

瀬戸内シンクロニシティ

所用で愛媛県に行った。愛媛までのルートをインターネットで調べると、「飛行機で行くといいよ」との検索結果が。

それは知っとるが、わしゃあ空を飛ぶのが苦手なんじゃ！　結局、広島駅まで新幹線で行き、広島港から松山観光港まではスーパージェットという高速船に乗ることにする。高速船だと、一時間十分ほどで瀬戸内海を渡れるのだ。

広島駅から広島港までは、路面電車でとことこ行く。松山でも思ったのだが、路面電車は「降ります」のブザー音がいいですね。「ピンポーン」的軽快（軽薄）な音ではなく、「ブー」とか「ビー」に近い、ちょっとレトロな渋い音。これが、「拙者、断固として降りたいゆえ、よろしく取りはからっていただきたくござそうろう」という、乗客の決意を感じさせる。運転士さんも、「万事了解したでござる」といった風情で、親切かつ節度を保った接客ぶり。なにもかも好ましい。

こうして広島港に到着し、スーパージェットに乗りこんだのだが、土曜日だったこともあって、かなりのにぎわい。親戚の結婚式へ行くのかな、という一家がおり、瀬戸内海を挟んで、広島と愛媛は地理的にも歴史的にも人的にも近しい関係にあることを実感する。

一番多かったのが、お遍路《へんろ》さんだ。恰好は普段着だったり白装束だったりさまざまだが、長い杖を持っているので、すぐわかる。錦の長細い袋に杖を入れているひともいて、四国へ何度も通い、自宅では杖を大切に保管しているらしいことがうかがわれた。

そのなかに、アンニュイなムードの中年女性がいた。一人で遍路をしているようで、上下とも白い服を着て（いわゆる遍路用の白装束ではなく、独自に選んだらしき洋装）、旅慣れた様子だ。船の後方に陣取った彼女は、窓からぼんやりと海を眺めている。瀬戸内海は湖のように凪《な》いでいる。

いったいどんな事情が、彼女をお遍路へと駆り立てるのであろうか。気になりつつ、「トイレ使用中」のライトが消えたので、用足しに立とうとした。そしたら、彼女も立った。順番を譲りあい、さきに入ってもらう。アンニュイだったのは、尿意を我慢していたせい……？

偶然ながら、帰りの高速船にも彼女は乗っており、またもトイレまえでかちあい、順番を譲りあった。今度は私がさきに入らせてもらった。

選ぶ船も、尿意を覚えるタイミングも同じ。彼女は前々世あたりで私の姉だったのではないか。そんな不思議な思いがしたことだ。

ラピュタ吟行

〈前項のあらすじ〉広島からスーパージェット（高速船）で、愛媛へ渡ったよ！〈前項のあらすじ、あっけなく終わり〉

愛媛に行った目的は、別子《べっし》銅山（新居《にい》浜《はま》市）の見物だ。一六九〇年に発見されてから、一九七三年に閉山となるまで、別子銅山は日本屈指の銅の産出量を誇った。山の急斜面には、鉱夫とその家族が住む長屋が階段状にびっしり建てられ、最盛期には四千人近くが住んでいたというからすごい。いちいち山を下りなくても暮らせるよう（なにしろ下界まで歩いて何時間もかかる）、学校も病院もお店もあった。

廃鉱となった別子銅山だが、現在は「近代化産業遺産」を間近で見られる観光地として整備されている。インカ帝国の山上都市にちなんで、「東洋のマチュピチュ」とも呼ばれ、人気は上々なのだそうだ。

そういうのって、いざ行ってみると、「どこがマチュピチュじゃい！」とがっかりするものだと相場は決まっているが、別子銅山は大丈夫だ。いや、マチュピチュに行ったことがないので、正確な比較はできない身だが、坑道やレンガ造りの変電所、城壁のように巨大な貯鉱庫跡など、圧巻のスケールであった。山からの眺めも素晴らしく、四月の末の緑に覆われた遺跡の数々は、『天空の城ラピュタ』の世界のようだ。

だが私は、見物だけをしに別子銅山へ行ったのではない。実は、「吟行《ぎんこう》」だったのだ。大きな声では言いにくいのですが、わたくし、短歌と俳句を詠むサークルに入っておりましてね（なぜ「言いにくい」のかというと、私が詠む短歌と俳句の出来が非常にアレだからで……、お察しください）。その仲間と、「たまには旅に出て、それをお題に詠もうじゃないか」「いいねえ。そうだ、廃墟へ行こう！」と盛りあがり、東洋のマチュピチュに白羽の矢を立てた次第なんでげす。

そういうわけで、ここまで伏せていたが、今回の旅には同行者が複数名存在しました。伏せていた理由は、だれもかれもが「短歌と俳句を詠まなきゃ！」と血眼《ちまなこ》になっており、到底紹介できるような言動を取っていなかったからです。メモ取りまくり、写真撮りまくりで、案内をお願いしたガイドさんに、「吟行って、もっと優雅なものかと思ってましたが……」と怪訝《けげん》そうに言われる始末。際立つ我々の必死さ。

しかし結局、「わーい、ラピュタみたい！」「このお花はなんだろう」「ポーズ取るから写真お願い！」などとはしゃいでしまい、現地では全員まったく詠めず！「いいところだったなあ」と記憶を反芻するのみで満足し、今後も詠める気が一向にしない。幻の吟行よ……。

追記：短歌と俳句を詠むサークルのメンバーは、大多数がプロの歌人、俳人、詩人だ。私はここ数年サボりがちなのだが、月に一度は会合が開かれ、わいわいと楽しく短歌や俳句を詠んでいる。また、何年かに一度は吟行する。この項で触れた別子銅山、竹田《たけた》市（後出）、そして宮崎と、これまでに三回吟行した。吟行の成果として、各人の短歌や俳句や詩やエッセイを、三回ともちゃんと冊子にまとめることもできた。自由奔放なメンバーによる、自由奔放な旅だったのに、奇跡としか言いようがない。

短歌や俳句や詩のド素人である私は、「なるほど、吟行したら同人誌を作るという風習があるんだな」と、オタクの習性に引き寄せて理解した。まあ、私以外のメンバーは、短歌や俳句や詩の筋金入りのオタクと言っても差し支えないかたがたなので、そうまちがった解釈でもあるまい。ジャンルを問わず、オタクはなにかあると記念として同人誌を作る！

ではここで、別子銅山に行って感銘を受けた私が詠んだ短歌を、一首だけご紹介しましょう。念のため言うと、ほかのメンバーの短歌や俳句や詩は素晴らしいものばかりでした。

下界、恋、知るすべもなく軒下に体液染みた手ぬぐい吊《つる》す

……お察しください。文字を読み書きできるからといって、短歌や俳句や詩をうまく作れるとはかぎらないんだなという、至極当然のことを思い知らされるばかりだ。

たぎる蔵王温泉

山形県の蔵王《ざおう》温泉へ行った。「上湯《かみゆ》」という共同浴場があり、なんと二百円で濃厚なる温泉に浸かれるのだ。料金は出入り口の箱に、めいめいが勝手に入れる仕組み。野菜の無人販売所みたいだ。

木の香りがする建物で、湯船も広々としている。洗い場はないので、掛け湯をしたのち、ひたすら湯船に身を沈めるべし！

お湯はやや白く濁っており、酸性なのだそうだ。それが刺激となるのか、私は慣れるまでしばし、「アチチ、アチチ」とつぶやきつづけました。ちょうど、常連さんだという中年女性が湯船にいたのだが、「すり傷でもあった日にゃあ、飛びあがるほど染みる」とのこと。危険な湯だ……。でも、あったまる！　その後、真冬の温泉街を散策したのだが、寒さはあまり感じなかった。温泉のおかげで、体内から燃え盛っている。

それにしても驚いたのが、積もった雪の厚みだ。私が行った日はよく晴れていたけれど、屋根に五十センチ以上は積もっていた。しかも層を成して、うねる荒波のような状態で凍っている。かっこいい！　と興奮し、写真を撮りまくる。家々の壁には「頭上注意」と貼り紙があり、なにかと思って見上げたら、つららがこちらを狙っていた。デンジャラス！　と興奮し、またも写真を撮りまくる。

雪の多い土地に住むひとにとっては、興奮どころじゃなく、「また雪かき、雪おろし」とげんなりだろうと推測されるのに、つい浮かれてしまって面目ない。雪と氷の迫力、ダイナミズムに、なんだかたぎってくるものがあったのだ。「氷河期を生き抜いたぞー」という、人類に埋めこまれた太古の記憶のなせる業《わざ》か？

物理的精神的体内燃焼の結果、猛然と腹が減ったので、お蕎麦屋さんに入る。冷やし肉蕎麦を、「冬なのに冷やしがあるのか……」と少々疑問に感じつつ注文した。冷たいつけ汁のざる蕎麦が出てくるのかと思いきや、ラーメンにきわめて近似した品（だが、つゆは冷たい）が運ばれてきた。つゆの味は塩ラーメンふう。肉もチャーシューふう（鶏肉だが）。しかし麺は蕎麦。

ううむ、はじめて食べる料理だが……、うまい！　こってりとあっさりの絶妙なブレンド！　夢中でたいらげ、額に浮かんだ汗をぬぐう。通年で「冷やし」を展開している理由がわかった。ストーブががんがん焚かれた室内は暑いほどだし、観光客はもちろんのこと、付近住民も日ごろから温泉に浸かっているはずで、体内は常に燃焼状態。このうえ蕎麦まであたたかかったら、のぼせてしまうからだろう（あとで知ったが、山形県の名物料理なのだそうだ）。

メリハリの利いた、雪国の冬を堪能したのだった。

熊本城と太平燕

またも麺の話をしてしまうのだが、私はもしや麺類が好きなのだろうか。そういえば自宅でも、うどんやパスタを食すことが多い。器がひとつで済むので楽チンだからだ。

しかし、小麦粉は太るという。うぬぬ、と思っていたところ、朗報が。仕事で熊本へ行ったら、タクシーの運転手さんが、「お客さん、太平燕《タイピーエン》は食べた？」と言う。聞き慣れぬ単語にははてなマークを飛ばしていると、漢字でどう書くかということとともに、太平燕で有名なお店の場所も教えてくれた。

「長崎ちゃんぽんの、麺が春雨バージョンだと思えばいいよ。緑豆で作った春雨だから、カロリーも低い」

運転手さんのレクチャーを聞き（特にカロリー部分）、「食べる」と決意したのであった。

仕事を終えた翌日、まずは熊本城を見物する。中国と韓国からの観光客が大挙して押し寄せており、楽しそうに写真を撮っている。

その様子を眺めていて思ったのだが、韓国の中高年カップルはとても仲が良く密着度が高い。互いの体に腕をまわし、「いえーい」といった感じで写真に収まる。ノリノリかついい笑顔である。韓国は「アジア圏におけるラテン」、つまり情熱的なお国柄だと聞いたことがあったが、「ほんとだ！」と納得した。

アツアツ（死語）なかれらにあてられたのか、猛然と腹が減ってきた。いよいよ太平燕を食べにいくことにする。途中で道に迷い、城のある小高い丘から永遠に下りられないのではと危惧した。ふだんは一日に三百歩ぐらいしか動かないのに、この日は午前中だけで一万五千歩も歩いてしまったぜ。空腹になりすぎて昇天するかと思ったぜ。これは私が極度の方向音痴なためで、お店自体は、繁華街のわかりやすい場所にある。

こうしてありついた太平燕は、さっぱりした味つけで、しかしスープに旨味が染みだしており、大層おいしかった！　春雨も舌触りよく、つるつる入る。勢いがつき、ビールと点心もたいらげてしまったのだが（だから太る……）、太平燕の麺が春雨だったおかげか、胃もたれなし！

観光客のみならず地元のかたも多く来店しているようで、しかもほとんどのひとが太平燕を注文していた。愛されてるな、太平燕。それもなるほどとうなずける、美味でヘルシーなお料理だった。とはいえ気取ってなくて、ドカンと丼で供され、はふはふ食べるところがいい。熱中のあまり浮かんだ汗をぬぐいながら、ふと隣のテーブルを見ると、おじさんがちょうど、鼻の頭の汗をハンカチで拭いたところだった。目が合い、「うまし」と無言でうなずきあった。

荒城と隠しキリシタン

大分県竹田市に行った。岡城《おかじょう》の城下町は、緑の山にぐるりと囲まれており、『進撃の巨人』の町みたいだ（漫画のなかの壁に囲まれた町とは異なり、巨人の襲撃のない、非常に平和な場所だが）。こぢんまりとした町のあちこちに古い建物が残り、穏やかで居心地がいい。

竹田市は高齢化が進んでいるそうだが、町とひとの魅力に惹かれ、若者が多く移住してきてもいるらしい。おいしい飲食店やおしゃれなギャラリーなどがたくさんあって、住民や観光客が集っていた。

岡城跡も大きく立派で、散策にはもってこいだ。『荒城の月』のモデルのひとつとされている城なのだが（作曲者の瀧廉太郎《たきれんたろう》が、子どものころに竹田に住んでいた）、趣深い風景にはおかまいなしで、タヌキかハクビシンと思われる野生動物が、地面に落ちた木の実をむしゃむしゃ食べていた。かれらにとっては、「ちっとも荒城じゃないよ、天国だよ！」といったところなのだろう。

さらに、竹田にはキリシタン関連の遺物や遺跡まであるのだ。見どころが盛りだくさんすぎて、うれしい悲鳴だ。

十六世紀末の竹田を治めていたのが、大友宗麟《おおともそうりん》の孫だったため、領民にもキリシタンが多かったらしい。江戸時代になり藩主が代わっても、信仰はひそかにつづけられていた。というか、藩主も半ば黙認していた節がある。明治になって岡城を壊す際に、城中にあった西洋の鐘や石像などが発見されているからだ。「めずらしいから取っておこう」と思ったのかもしれないが、下手したら藩が取りつぶしになるような危険物だ。「捨てずに、隠そう」という積極的な意思が働いていたのではないかなあと、いろいろ想像力を刺激される。

　竹田市では、「隠れキリシタン」ではなく「隠しキリシタン」と呼んで（藩ぐるみで信仰を黙認していた可能性があるから）、キリシタン関連の遺跡などを紹介する「散策まっぷ」を無料で配布している。それを片手に、洞窟礼拝堂跡や十字の意匠があしらわれた瓦《かわら》など、興味深いものがいまも残る町を、「へぇぇ」「ほおぉ」と言いっぱなしで歩いた。散歩にちょうどいい規模の城下町なのだ。

　城下町の外には、温泉も高原も牧場も澄んだ湧き水もあり（ほんとに魅力が盛りだくさんすぎるよ！）、一度訪れたぐらいでは、到底すべてを堪能しきれない。これは若者も竹田市に集まってくるよなあと、非常に納得した。旅行の候補地としても幅広い層におすすめできる、とてもいいところでした。

勝浦の朝市

千葉県の勝浦《かつうら》へ行った。大きな漁港があるためか、お寿司がとってもおいしい。お寿司屋さんの大将いわく、「うちの魚は、生《い》け簀《す》に入ったことがない」そうで、ネタが豊富なうえにピチピチであります。

私が泊まったのは、海辺の超巨大観光ホテルだったのだが（CMソングで有名）、ロビーには金属製の鶴の置物（これまた巨大）などがドカンドカンと鎮座ましましており、濃厚な昭和感がなつかしさを呼び起こす。

若いカップルもちらほら宿泊していたけれど、多いのはやはり、大型バスで乗りつけた中高年の団体客。そして、釣り道具を持った中高年男性のグループ客だった。勝浦周辺は、どうやら魚がよく釣れるらしく、おじさんたちは楽しそうに「本日の釣果《ちょうか》」について語りあっていた。

女性は年齢を重ねても、友だち同士で仲良く旅する姿をよく見かけるが、中高年男性はどうしているんだろうなあと、少々気を揉んでいた。しかし今回、おじさんたちのキャッキャぶりを見て、「よかった、中高年男性も、同性の仲間と旅することがあるんだな」と胸を撫でおろした。趣味を同じくする友だちの存在って、いくつになっても大切ですね。

翌日は日の出とともに起きだし、朝焼けに染まる海を眺める。部屋の窓のすぐ外が、雄大な太平洋なのだ。なんだかわくわくしてきて、さっそくホテルのまえの砂浜に行き、黙々と貝殻を拾う。私には、きれいな貝殻やら石やらを海辺でひたすら拾いつづけてしまうという癖がある。先祖が原始人だったころ、海辺で食料を集めてでもいたのだろうか。

一時間ほど貝殻を収集してようやく満足し、今度は勝浦の町を散策することにした。

勝浦では、平日でも朝市が開催されている。通りにたくさんの屋台が出て、地元のかたが新鮮な魚や野菜や果物を売る。もちろん干物もあるし、その場で飲食できるアラ汁やお団子などもある。リースの材料になりそうな蔓《つる》や、かわいい木の実も売っていて、雑貨的観点からもときめく品ぞろえだ。

通りは観光客だけでなく地元住民もいっぱいで、とても活気があった。朝市に出店しているおばあさんと、買い物に来た地元のひとが、「本日の漁」について親しげに情報交換していた。なんだかいいな、と思った。過剰に観光化するのではなく、そこに暮らす人々のあいだに、ちょっとお邪魔させてもらう感じだ。大海原に面した町にふさわしい、懐の深さがあった。

紅葉とお好み焼き

春と秋のどちらが好きかと問われれば、以前は断然春だった。桜をはじめとする花がうつくしい季節だし、気温の上昇とともに気持ちまでうきうきしてくるし、春っていいもんだなあと思っていた（花粉症でつらいけれども）。

ところがここ数年、秋のほうが好きだと感じるようになってきた。もみじ狩りとか、なにがいいのやらさっぱり意味がわからんと思っていたのに、ついに先日、新幹線の車窓から紅葉に染まる山々を見て、「なんてきれいなんだろう」としみじみしてしまった。も、もしやこれが、加齢というものか……？

車窓から見た山々は、杉やヒノキの針葉樹エリアと、落葉広葉樹エリアが斑状《まだらじょう》になっていて、山全体が紅葉しているわけではない奥ゆかしさも、また好ましかった。紅葉する木々とのコントラストで、美麗かつ壮大な絵を山に描きだすことになるとは、杉やヒノキを植林した人々も意図していなかっただろう。その、「山にひとの手が入った結果、期せずして自然の美が増幅された感じ」が、非常に胸を打つ。また、「人手不足で新たに植林できなかった斜面に、落葉広葉樹がにょきにょき生えたのかなあ」とも推測されて、植物の生命力に太刀打ちできない人間の、もののあわれも感じられる気がするのだった。

そんなこんなで、秋の美にしんみりしつつ、仕事で大阪に行ってきたのだが、計三食（昼・夜・朝）のうちの二食、お好み焼きを食べた。それって、しんみりかな……？

しかし、お好み焼きを食べなきゃ、大阪へ行ったとは言えんだろう！　私はあらゆる食べ物のなかで、お好み焼きが一番好きなのだ。ふだんは店の下調べなどしないくせに、大阪に行くときだけは、「お好み焼き　おいしい　大阪」で事前に検索をかけてしまうぐらいだ。

今回も二軒のお好み焼き屋さんに行ったわけですが、どちらもおいしかったなあ。さすが食いだおれの街、大阪。はずれがない。だが、大阪の地理に疎いので、目当ての店に行き着くまでが一苦労だった。地図をプリントアウトして持参したのだが（お好み焼きに関しては常に全力）、指標にしようと思っていたグリコの看板がどこにあるのかわからず、看板を背にする形でしばし途方に暮れていたほどだ。これはもう、「グリコの看板はどこですか」と道行くひとに聞くしかない、と思い定めた直後にふと振り返ったので、ことなきを得たが。よかった、「お探しの眼鏡は、あなたのおでこにあるようですが」的事態を回避できて。

幻想の銀山温泉

山形県の銀山《ぎんざん》温泉に行った。私が生で目撃したなかでは一番の積雪量だったが、宿のかたは「今年は少ないですよ」と言って、精力的に雪おろしや雪かきをしていた。

銀山温泉は、とっても風情のある小さな温泉街だ。銀山川の両岸に、木造三、四階建ての宿が並んでいる。三角屋根の建物の外壁は、色鮮やかな鏝絵《こてえ》で飾られていて、道ゆくものの目を楽しませてくれる。窓に明かりが灯る時間帯になると、雪と暗い夜空のコントラストがうつくしく、静かで幻想的な光景を堪能できる。

海外からのお客さんも多いようで、タイから来たという小学生ぐらいの男の子が、積もった雪にズボッと手をつっこんではしゃいでいた。その気持ち、よくわかりますぞ……！　さらさらした雪のうえで私も転げまわりたかったのだが、そこはぐっとこらえ（大人はつらいよ）、お土産屋さんを眺めたり、喫茶店でコーヒーを飲みながら雑誌を読んだりと、のんびりした時間を過ごした。お土産で買った「くぢら餅」がおいしかったです。羊羹《ようかん》状になっており、薄く切って食べる（軽く焼いてもいい）。みたらし団子みたいな味で、餅だけに食感はもちもちしていて、なんだかやみつきになる。

宿はどこも大にぎわいのようだった。旅の予定を直前に組んだため、かろうじて空室のあったデザイナーズ旅館に泊まる。人生初体験のデザイナーズ旅館は、当然ながらオシャレでござった。電気のスイッチが壁に溶けこみすぎていて、どこにあるのかしばらくわからなかった。金庫の在処《ありか》はついに発見できなかった。忍者屋敷か。いや、私がオシャレに適応できなすぎなだけである。

食事がとてもおいしかったし、趣向をこらしたお風呂が何種類もあって楽しい。しかもすべて、内鍵をかけて貸し切りにする仕組み。いろいろ新鮮で、各種お風呂を探検してまわる。大浴場形式に慣れていないひとや、ひとの目を気にせず入りたいというひとも、こういうスタイルならのびのびと温泉に浸かれる。旅館の選択肢が多様化するって、いいことだなあと感じたのだった。

追記：この項に登場したデザイナーズ旅館は、大浴場の蛇口もオシャレすぎて、どこをどうひねればシャワーが出るのかわからなかった。しかも、風呂場までもがオシャレな間接照明で薄暗いため、寄せ木細工なみに複雑怪奇な蛇口の構造を見極めるのがむずかしい。全裸でしゃがみ、寒さに震えながら五分ぐらい蛇口と格闘する。いくらなんでもやりすぎだ、とそのときばかりはオシャレに対する少々の憎しみを覚えたことを否定できない。

即身仏をめぐる旅

十年ほどまえ、三重県尾鷲市で林業の取材をしていて、「森敦《もりあつし》の旧居」だと案内板がある家を見つけた。森敦といえば『月山《がっさん》』＝山形県という頭があったので、

「へえ、知らなかった。尾鷲にも住んでいたんですね」

と林業に従事するおっちゃんたちに言ったら、

「そやそや。短いあいだやったけど、電源開発（会社）で働いとったそうや」

と、にこにこしている。居住当時も、森敦は地元のひとに親しまれ、好意的に受け入れられていたのだろうと感じるに充分な反応だった。

それを機に、私は高校時代に読んだきりだった『月山』を再読してみた。高校生のころは「よくわからない……」と思ったものだが、『月山』は申すまでもなく素晴らしい小説だった。いや、すさまじいまでにすごい。このすごさがわからなかったとは、高校生の私は物心がついていなかったんじゃあるまいか。

いまちょっと調べてみたところ、森敦はたしかに、一九五七年から三年ほど尾鷲で暮らしている（『かての花』など、尾鷲について触れた作品もある）。『月山』の舞台となる山形県の注《ちゅう》

連寺《れんじ》に滞在していたのは、尾鷲よりもまえ、一九五一年のことで、森敦が三十九歳のころだ。『月山』を「季刊藝術」に発表したのは、注連寺滞在から二十年以上経った一九七三年。翌年、この作品で、六十二歳で芥川賞を受賞している。なるほど『月山』には、ものすごく長い時間をかけて抽出《ちゅうしゅつ》された澄みわたった迫力がある。空前絶後の小説で、これに「かすかに似たもの」すら、人類の歴史が今後どれだけつづこうとも絶対にだれにも書けないだろう。

ところで『月山』は、うつくしく澄みわたっていると同時に、さまざまな種類の緊張感と不穏さに満ちた小説でもある。不穏のひとつは、確実に「即身仏《そくしんぶつ》」だ。吹雪で行き倒れたひとの遺体を「即身仏（ミイラ）」に加工し、寺に見物客を集めるために使った、というエピソードが出てくる。

このエピソードは、作中の「現在」よりも何十年かまえの出来事として語られるのだが、真偽のほどは不明だ。現実でもそういうことがあって、作者の森敦が村人から聞いた話なのかなとも思えるし、あくまでも小説としての創作なのかなという気もする。

というのも、森敦が滞在していた注連寺には、鉄門海上人《てつもんかいしょうにん》の即身仏がいるのだ。鉄門海上人は江戸時代のひとで、即身成仏したのちも尊崇《そんそう》されてきた。つまり、有名な即身仏なのである。一九六〇年には学術調査も行われ、鉄門海上人本人の即身仏だと特定されている（詳しくは後述する）。

森敦が注連寺で暮らしていたのは、鉄門海上人の即身仏が出開帳《でがいちょう》に行ったきり、行方不明になってしまっていた時期だった（その後、即身仏は無事発見されて寺に戻り、六〇年の学術調査も受けた）。とはいえ、森敦が寺に滞在するあいだ、有名な鉄門海上人の即身仏の話題が出なかったはずはないのだが、『月山』ではその存在に具体的には言及していない。それによって作中の即身仏偽造エピソードは、真偽不明の霧《きり》の向こうでますます不穏にそびえ立つ。『月山』は、注連寺滞在時の出来事をノンフィクションに近い筆致で描いているように見えて、実は周到に虚実のあわいを現出せしめた小説なのである。

行者《ぎょうじゃ》が即身成仏を志した背景には、修験道《しゅげんどう》の信仰があるが、出羽《でわ》三山《さんざん》と同じぐらい修験道がさかんだったのが紀伊半島だ。和歌山県の那智勝浦から補陀洛渡海《ふだらくとかい》をした行者たちがいたという。戻ることのできない小舟に乗って大海原に繰りだすというのも、土中成仏と同様壮絶な行為だが、尾鷲も修験道の文化圏内にある。森敦が月山周辺と尾鷲に居住したのはまったくの偶然なのか、それとも修験道になんらかの興味があったのか。私の調べが至らず、そのあたりはよくわからなかった。

さて、『月山』を再読したときの私は、しかし鉄門海上人をはじめとする即身仏のことをまだなにも知らなかった。ただ、記憶の底で蠢《うごめ》くものがあった。私は子どものころ、どこかで即身仏を見たことがある……。

旅先の薄暗いお寺だった。「即身仏」の意味がわからず、父親に尋ねたような気がする。生きたまま土中に入り云々と説明したのち、「つまり、えらいお坊さんのミイラだ」と父は言った。超絶こわがりだった私は震えあがった。ミイラなんてとんでもない、絶対に見たくない。しかし父は子どもの繊細さに頓着しないひとだったので、さっさと即身仏のほうへ行ってしまった。暗いお寺で一人取り残されるのもいやだったから、しかたなくあとにつづいた。

おそるおそる見た即身仏は、厨子《ずし》のなかで座っていた。きらびやかな着物と袈裟《けさ》を身につけ、オレンジ色の電灯だったか蠟燭《ろうそく》だったかにほのかに照らしだされている。厨子のまえでおばあさんが一人、熱心に手を合わせていた。即身仏は「物体」としてはたしかにミイラだったが、不思議なことにちっともこわくなかった。むしろ静かで、あたたかい感じがした。私はおばあさんの隣に立ち、真っ暗な穴になった即身仏の眼窩《がんか》をしばし眺めた。「尊い」という感情をはじめて知った体験だったかもしれない。

あの即身仏はどこのお寺で見たのだったか。父にも聞いてみたのだが、まったく覚えていないと言う。そういえば高校時代に『月山』を読んだときも、即身仏をどこかで見た記憶が蠢き、しかし正確なことを思い出せなかったのを思い出した。

尾鷲をきっかけに『月山』を再読して以来、「幼少期にどこかで即身仏を見た問題」が再燃し、心に引っかかっていた。とはいえなにをするでもなく月日が経ったのだが、ここのところ、仕事で年に一度、山形へ行くようになった。

山形といえば月山。ぜひとも登ってみたいけれど、運動不足で体力に自信のない私は、仕事先で出会った鶴岡在住の丸山《まるやま》二三《ふみ》さんのご厚意で、車で月山の八合目まで連れていってもらった。湯殿山《ゆどのさん》、羽黒山《はぐろさん》にも案内していただいた。

お山は素晴らしい風景で、ぜひとも自分の足で月山山頂を目指してみたいと思うものだったが、それとはべつに、道中で丸山さんから聞き捨てならぬ話が出た。

寛政時代、鶴岡出身の鉄門海上人というひとがいた。若いころは荒くれものだったが、一念発起して湯殿山で厳しい修行に励んだ。ところが馴染みだった遊女が、「出家なんてやめて、夫婦になってほしい」と追ってきた。鉄門海上人は、「俺のことは諦めてくれ」と言って、自分の男根を切って遊女に渡した。

「どええ、そりゃ究極の『断りの方法』ですね」

「はい。遊女が持ち帰った鉄門海上人の男根は、遊郭で商売繁盛のお守りになったそうです。いまも鶴岡の南岳寺《なんがくじ》に男根があります」

「えっ、ち◯こが保存されてるの!?」

「はい（↑平然と）。鉄門海上人は江戸にいたこともあるのですが、そのとき眼病が流行していたそうです。しかし鉄門海上人が自分の左目をくり抜いて祈願したところ、流行は収まったとか」

「えええっ」

そこまで行くと自身の肉体を損壊させることに恍惚を見いだす癖《へき》でもあったのではないかと思われてくるが……。ほかにも、「タコ釣りの道具を開発」「道を整備する」などなど、鉄門海上人の業績はたくさん語り伝えられており、とにかく過激なまでに修行に打ちこみ、人々のために尽くしたひとなのである。むろん、最期は穀物を断《た》って即身成仏を遂げた。もし小説の主人公にしたら、「設定盛りすぎ」と言われそうなほどすごい逸話の数々だ。

「鉄門海上人の即身仏は注連寺にあります」

「注連寺といえば、森敦の『月山』の舞台ですよね」

このときはじめて、私は鉄門海上人の存在を知り、『月山』を読んで以来蠢いていた、即身仏への興味が本格的に頭をもたげたのだった。

山形県には、鉄門海上人をはじめ、即身仏が多数現存するという。ぜひ、見てまわりたい。そのなかに、私が子どものころに会った即身仏もいるかもしれない。私は丸山さんにお願いして、地元の山や歴史に詳しい稲泉眞彦《いないずみまさひこ》さんを紹介してもらい、お二人に案内していただいて、二〇一九年の夏、山形県内の四体の即身仏を拝観してきた。

まず、鶴岡市の注連寺。湯殿山で修行をする行者の道場だったため、本堂に接続する形で二階建ての大きな庫裏《くり》（台所や居住部分）がある。『月山』で描かれたとおり、趣のある威風堂々たるお寺だ。

鉄門海上人の即身仏は、本堂の左手に安置されていた。想像よりもがっしりした体格で、山での修行に邁進《まいしん》したというのがうなずける頑健そうな姿だ。即身仏となったあとも、「鉄門海上人ならなんとかしてくれる」と多くのひとが祈りを捧げてきたのも納得の、親しみと頼りがいがありそうな雰囲気を醸しだしている。

　ご住職と妹さんにお話しをうかがった。妹さんは鉄門海上人の即身仏を家族のように大切に思い、その足跡をいろいろ調べておられた（鉄門海上人の正式名称は、「恵《え》眼院《がんいん》鉄門上人」であるため、注連寺では「鉄門上人」と呼ぶのを推奨しておられるが、本稿では現状一般的な呼び名であろうと思われる「鉄門海上人」とさせていただいた）。妹さんによると、先述の学術調査で、即身仏が鉄門海上人そのひとだと特定されたのは、以下の経緯による。

　鉄門海上人の書いた書《しょ》が掛け軸になって、注連寺をはじめ県内外の各所に多く残されている。鉄門海上人は文字の読み書きができなかったと伝えられているが、書にはたしかに、「湯殿山」の文字と署名、あとは決まった梵字《ぼんじ》しか記されていない。たぶん、これだけは覚えて、希望するひとたちに書いて与えたのだろう。書には手型や足型も押されている。これら手型の指紋と、注連寺にいる即身仏の指紋とが一致したため、即身仏はまちがいなく鉄門海上人だと結論が出たのである。

　ついでに言うと、南岳寺にある鉄門海上人の男根も、このときの学術調査で調べた。結果、これは男根ではなく睾丸《こうがん》のようだということになったのだが、いずれにせよ痛いことに変わりはない。切り取ったとされる男根（ではなく、たぶん睾丸なのだが）のほうも、鉄門海上人の即身仏と同じく、血液型はB型だった。ただ調査団は、生前に切り取ったのではなく、即身仏になったあとに自然と欠落した睾丸部分が、南岳寺に収められることになったのではないか、と推測している。「遊女に諦めてもらうため、男根（または睾丸）を切って渡した」のは、史実ではなく伝説という線も出てきたが、そんな伝説が生まれて、「あのひとならばやりかねん」と受け入れられるぐらい、鉄門海上人は人々に親しまれ、尊敬されてきたということだろう（南岳寺ではあくまでも、鉄門海上人が生前に自ら切り落とした男根である、と考えているようだ。それを積極的に否定する必要性はない。前述のとおり、男根だろうと睾丸だろうと常人の精神力では切り落とせるもんじゃないし、もし「生前切断」が伝説だったとしても、そう語り伝えられるにふさわしい人物だった、ということだからだ）。

とにもかくにも、注連寺の即身仏は鉄門海上人でまちがいない。そうなると、後世に偽造されたもののように読めなくもない『月山』について、お寺のかたはどう思っておられるのか。少々気が揉めるところだが、ご住職も妹さんも森敦に対して悪感情はまったく抱いていないようだった（境内には『月山』の文学碑もある）。むしろ妹さんは、独自に鉄門海上人の研究をするうち、人口に膾炙《かいしゃ》した鉄門海伝説のなかのひとつは、実は森敦が「創作者」なのではないか、と考えるようになったとのこと。非常に斬新かつ魅力的な説で、「なるほど」と思ったのだが、ここでは詳述を避ける。いずれ妹さんが、なんらかの形で発表されることを願う。

注連寺では、湯殿山で修行するときに首からかける「七五三縄《しめなわ》」を買うことができる。麻紐（または紙をよったもの）を、きれいな模様に編んだものだ。江戸時代に使われていた七五三縄を参考に、妹さんが再現して手づくりしている。とてもうつくしいし、魔除けにもなるということなので、一本購入し、自宅の本棚にかけて飾っている。

妹さんは胸もとにうさぎの顔の形をしたブローチをつけていた。紙のこよりでできていて、七五三縄と同じ編みかただ。もしやと思い尋ねてみると、やはりお手製とのこと。私はうさぎが大好きなので、

「むちゃくちゃかわいいですね！　これも売ったら大人気になりますよ！」

と熱く述べたところ、妹さんはブローチをはずしてプレゼントしてくださった。なんだか催促したみたいで恥ずかしいが、すごくうれしくて、大事に活用させていただいている。同じく七五三縄の技法を駆使した「ご縁うさぎ」ストラップは、注連寺で買うことができる。こちらもすごくかわいいので、訪れた際にはぜひお守りとしてどうぞ！

次に、鶴岡市の本明寺《ほんみょうじ》に向かった。木々に囲まれた山あいのお堂に、本明海上人《ほんみょうかいしょうにん》の即身仏がいる。ちなみにこのお堂は、即身成仏した本明海上人を先輩としてリスペクトしていた鉄門海上人が建てたものである。

だが、到着したのが夕方だったため、すでにお堂の戸は閉まっていた。しかたがないと諦めていたら、稲泉さんが少し離れた庫裏のほうに行き、「ごめんください」とガラガラと引き戸を開けて声をかけた。

「なっ、お知り合いなんですか？」

と聞くも、

「いえ、全然」
とのこと。なんたる大胆な所業、と驚く私をよそに、稲泉さんは奥から出てきた女性に丁寧な物腰で来訪の主旨を告げ、本明海上人の即身仏を拝観させてほしいとお願いしている。女性はご住職のお母さんだそうで、快くお堂の戸を開けてくださった。即身仏が安置された厨子も開け、蠟燭を灯して手を合わせたのち、「どうぞ」と私たちに場所を空けてくださる。

なななっ、正体不明の拝観者に対して、なんと親切な……。しかも、近くの会社で働いている息子さん（住職）に、「拝観のかたがいらっしゃったから、早く帰ってきて」と電話で連絡しているもよう。

「こちらが勝手に、突然押しかけてきただけですから、どうかご放念ください」
と必死に言ったのだが、
「いえいえ、もう終業の時間ですし、いつもこういう感じですから」
と、お母さんはひたすら親切なかたなのだった。

本明海上人の即身仏は、山形県内に残っているもののなかで一番古いそうで、華奢《きゃしゃ》で穏やかなたたずまいだった。近くには入定塚《にゅうじょうづか》もあって、ここで土中に入ったのだなと思うと、自然と頭が下がる。

そうこうするうち、息子さんであるご住職が息せき切って帰宅なさった。無理をさせてしまったと平身低頭で謝るも、「いや、大丈夫です」とお母さんに負けず劣らず親切なかたで、境内の案内をしてくださる。木造のかわいらしい鐘楼《しょうろう》があって、大晦日には近隣のひとたちが除夜の鐘をつきにくるのだとか。

「お年寄りやお子さんは鐘楼に登るのが危ないので、下から綱を引けば鐘を鳴らせるとか、なにか工夫をしようかなと思ってるんですよ」

とのこと。地域のひとたちに愛されているお寺なんだなと感じた。

「ご住職は生まれたときから、このお寺に住んでいるんですよね。即身仏が自宅の隣にいるというのを、どう受け止められていますか」

少々不躾《ぶしつけ》かと思いつつも尋ねると、ご住職は笑って、

「僕にとってはふつうのことなので」

と言った。「子どものころは、どこのお寺にも即身仏がいるのかと思ってたんですよ。『どうやらそうじゃないらしいぞ』と気づいたときには、もう本明海上人の即身仏は家族みたいに親しみのある存在でしたから。ただ、僕も修行するなかで、即身成仏するほどの気持ちとはなんだろう、とは考えます」

　時代もちがうから、いま即身成仏する覚悟は必要ないと思うが、たしかに即身仏の姿は、信仰心や「ひとのために尽くす」とはなんなのか、修行していない私にも静かに訴えかけてくる。同時に、「そうか」とも思った。ご住職やお母さんが、お寺を訪ねてきたひとに親切にしてくださるのは、「家族である本明海上人のところにお客さんが来た」からなのかもしれない

な、と。我々も、家族のもとに来客があったら、顔を出して挨拶したり、もてなしたりするだろう。それと同じ感覚で、本明海上人はご住職やお母さんにとって、「いまも生きている大切な家族」なのだ。

注連寺、本明寺で感じた「即身仏＝家族」という思いは、旅の最後に訪れた酒田《さかた》市の海向寺《かいこうじ》でも味わった。

酒田の街の高台にある海向寺には、忠海上人《ちゅうかいしょうにん》と円明海上人《えんみょうかいしょうにん》という二体の即身仏がいる。

ところが訪れた日は、即身仏のいるお堂の休館日だった。ちゃんと調べてから行けという話で、しかたがないと諦めていたら、またも稲泉さんが庫裏のほうへ歩いていく。まさかと思っていると、ご住職の奥さんと一緒に戻ってきた。これまた快くお堂を開けてくれた奥さんの背後で、

「お知り合い……ではないんですよね？」

と尋ねたところ、

「はい、全然」

と稲泉さんはにこやかに言った。恐るべし、稲泉さんの交渉力およびお寺のかたたちの親切心！

突然の来訪をまたまた平身低頭で詫びるも、

「いえいえ、せっかくいらしてくださったんですから」

と、奥さんはお堂のなかの案内までしてくださった。「ただ、上人さまたちの写真撮影はしないでいただきたいんです」

「えっ、写真を撮ろうとするひとがいるんですか!?」

調査のためとか正式に許可を取ったとかならまだしも、即身成仏したひとの姿を気軽に写真に収めようとする感性が私には謎だが、最近はけっこう多いのだそうだ。

「写真では、どう撮っても上人さまたちのお姿がなかなかうまく伝わらないので」

と、奥さんは表情を曇らせた。「『こわい』と思われてしまったらと思うと残念で、撮影はお断りしています」

倫理的にも問題があるのはもちろんだが、それよりむしろ写真うつりを気にしておられた……！「うちのおじいちゃん、実際はすごく優しくていいひとなのに、写真うつりが悪くて……」みたいな感じだなと、なんだか愉快になったのだが、奥さんのお気持ちはとてもよくわかる。即身仏の尊さ、なにかを静かに語りかけてくる感じは、実際に対峙《たいじ》してみてこそ伝わってくるものだ。また、やはり海向寺でも、即身仏は家族のように親しみをもって、大切にされているのだなとも思った。見知らぬひとがいきなり、家族の姿をパシャパシャ写真に撮りはじめたら、だれだって「なにするんだ、やめてください！」と思うだろう。

忠海上人と円明海上人は、並んだふたつの厨子のなかで座っている。二人の姿を眺めていると、それぞれの生前の個性のようなものが感じられる気がする。忠海上人は静かな威厳を漂わせているのだが、円明海上人は「目が合う」というか、なんとなくとっつきやすくほがらかな雰囲気なのだ。

奥さんの説明によると、忠海上人（海向寺の初代住職）は武士の出身だが、円明海上人（九代目住職）はもともとは農民だった。このあたりに、円明海上人の庶民派なムードの理由があるのかもしれない。そう感じるのは私だけではないようで、拝観したひとから、「家に帰ったあと、夢に円明海上人が出てきて、悩みごとへのアドバイスをくれた」といった声がしばしば寄せられるそうだ。

「『忠海上人がアドバイスをくれた』と言うひとはいないんですか？」

「それが不思議と、いらっしゃらないんですよね」

と奥さんは微笑んだ。「たぶん忠海上人は、後輩である円明海上人に応対をお任せして、ご自分は静かに見守ることに徹してらっしゃるんだと思います」

奥さん自身も、迷ったり悩んだりしたときはつい、円明海上人に話しかけてしまうのだとか。やっぱり「家族」なんだなあと思った。気さくなおじいちゃん（円明海上人）と、物静かなひいおじいちゃん（忠海上人）という、偉大で頼れるおじいさんたちが海向寺にはいるのである。

人々の幸せを祈願し、生きながら土中に入るとは、いったいどれだけの覚悟と信仰心が必要なものなのだろう。土中で後悔したひともいたのではないかと私などは思ってしまうが、本当のところはもちろん知る術がない。

だが、少なくとも拝観した四体の即身仏は、やはり「こわい」ことなど微塵もなく、ひたすら穏やかで静かな、思わず手を合わせてしまう尊い姿をしていた。そして、お寺のかたたちから家族のように大切にされながら、いまも訪れるひとたちの祈りに耳を傾け、「信仰とは」「ひとのために尽くすとは」を身をもって語りかけてくれていた。

私が子どものころに会った即身仏は、今回拝観した上人たちのなかにはいなかった。お寺の様子も、即身仏のたたずまいも、記憶に残っているものとはちがう。ではいったいどこで見たのだろうと首をかしげるうちに、あれは夢か前世の体験なのではないか、あのとき熱心に即身仏を拝んでいたおばあさんこそが私なのではあるまいかなどと思われてくるのだった。

追記：大変ご親切に対応いただいた各お寺に、改めて御礼申しあげます。拝観時には、「取材です」とはお伝えしていなかった。あとになって「記事を書こう」となり、その際に改めてご連絡差しあげたのだが、雑誌に掲載されるにあたっても、内容確認の問いあわせなどに対し、丁寧なご回答をいただいた。いろいろお手数をおかけしてしまい恐縮であります。

読者のみなさまも、機会があったら即身仏を拝観なさってみてください。そのときは事前に、お寺が開いている日時をご確認のうえ、訪問していただければ幸いです（おまえが言うな案件。面目ないです……）。

5章 ささやかすぎる幸福と不幸

夜中のアクアパッツァ

種類を問わず、アルコール飲料が好きだ。種類を問わず、たいていの食材が好きだ。結果として、「つまみ」についてあまり真剣に考えたことがない。塩や味噌を舐めながら、ビール、日本酒、焼酎、ウィスキー、なんでもおいしくいただきます。

しかし、ワインのスペシャリスト・岡元《おかもと》麻《ま》理《り》恵《え》先生にいろいろ教えていただきつつ、『黄金の丘で君と転げまわりたいのだ』という本を作って以降、ワインを飲むことが増えた（ポプラ文庫になってます。どさくさにまぎれてＣＭ）。ワインの本を作ったものの、銘柄などはひとつも覚えられないままなのだが、それでも楽しく飲んでいる。いろんな食べ物と同時に、積極果敢にワインを胃に収める日々を送ったすえ、「栗の渋皮煮」が赤にも白にも合うことを発見（赤はわりと重めのものでも合う。白はすっきりした辛口のものがおすすめです）。機会があったら、ぜひ試してみていただきたい。

とはいえ、栗の渋皮煮を自宅で作るのは超絶めんどくさい。私はあっさり諦め、買ってきたり近所の和食屋さんで食べたりしている。

こんな根性なしにも作れる、ワインのつまみはないものか……。そう考え、行き着いたのがアクアパッツァだ。飲みきれなかった白ワインを活用できるうえに、超絶簡単！　にもかかわらずシャレオツ感を演出できるので、友だちが自宅に遊びにきたときなど、しょっちゅう作って食卓に登場させている（レシピはこの項の末尾をご参照ください）。まあ、フライパンごとドカンとテーブルに置くので、実際はシャレオツ感もなにもないのですが。あと、新しくワインの瓶をがんがん開けるから、結局はまた飲みきれないのですが。

飲みきれなかったぶんを使って、一人の食事のときにもアクアパッツァを作る。ワインが欲しくなり、新たな瓶を開ける。飲みきれないぶんが少し残る。それを使って、またアクアパッツァを作る。ワインが欲しくなり（以下略）。ああ、永遠のアクアパッツァ地獄。

アクアパッツァのいいところは、ありあわせの食材を適当に投入できることだ。メインのお魚のほか、アサリを入れてもおいしいし、冷凍のイカ・エビミックスを参加させてもいい。野菜も、トマトだけではなく、タマネギやパプリカや葉物やキノコ類を加えたり、まあとにかく、冷蔵庫にあるものをぶちこんでおけば、まずまちがいはない。

さらに、汁が残ったときは、軽くつぶしたトマトを加えて味を調え、ゆでたパスタに絡めれば、もう一食ぶんできあがり。ラッキー。そのパスタもフライパンから直接食べるので、使う調理器具&食器は最小限で済む。ラッキーの二乗。

残りもののワインを使って作り、残った汁はパスタソースにもなる。「アクアパッツァ」ってもしかして、「もったいない」という意味なのか？　「そのスーパーのチラシ、裏をメモ帳として使えるでしょ。捨てたらアクアパッツァ」。イタリア人はこのように、「アクアパッツァ」という語を用いるのではないか？　……ちがうか。

私はアクアパッツァにアンチョビを使うので、切らさぬように買い置きしてある。しかし、瓶入りではなく缶詰状のアンチョビって、オイルサーディンの缶詰ときわめて似ていませんか（似ていませんよ、という声が聞こえてくる気がする）。アンチョビを買ったつもりが、家に帰ってよく見たらオイルサーディンだった、ということが無数回あり、そのたびに狐狸《こり》の類に化かされた気分になる。ちゃんと確認して棚から取ったつもりだったのに、なぜだ！

そういうわけで、家にはオイルサーディンの缶詰も常に複数個あり、油を切って、マヨネーズと醤油をちょいとかけて、つまみとして食べている。無論、缶のまま。使う食器をいかに減らすかは重大事だ。刻んだミョウガを加えてもおいしいです。

つまり、つまみがなんであろうと、私はべつにかまわないのだなあ、ということが、書くうちにいよいよわかってきた。種類を問わず、アルコール飲料が好きだ。種類を問わず、たいていの食材が好きだ。

◎自己流アクアパッツァのつくりかた

一、ニンニクひとかけを包丁でつぶし、フライパンでオリーブオイルとともに熱します。その隙に、魚に塩こしょうを適当にすりこんでおきます。一尾丸ごとの場合は、ウロコやワタを魚屋さんかスーパーで取ってもらってね（自分では魚をさばかない方針のレシピ）。

二、ニンニクの香りが漂ってきたら、魚をフライパンに入れ、両面に軽く焼き目をつけます。

三、ミニトマトなど、ありあわせの食材をフライパンに加え、アンチョビを食材のうえに適宜ちらします。

四、すぐに水とワインを加え（割合は１：１。具材が半分ぐらい浸る量でいいと思います）、フライパンに蓋をします。汁が干上がらないように、五分ほど煮たら完成です。

猫ネットワーク

トイレへの通路をふさぐように、水の入ったペットボトルを並べたやつがいる。最初に見たときは、「どうしてこんなところにペットボトルが」とちょっと驚いた。俺様の体はしなやかだから、するりとよけて通っているが、腹が立ってしかたがない。

こんなことをしでかす犯人は明白だ。いつも窓辺に座っている、ドテラを着た女だ。女は窓からボーッと表を眺めていることが多く、俺様は窓の下の草むらを通りかかるたび、「おい、そろそろ仕事したほうがいいぜ」と注意喚起してやっている。

その恩も忘れ、常識にはずれた行いをするとは。たぶん女は、買ってきたペットボトルをうっかり屋外に放置してしまっているのだと思うが（見るからにズボラそうなドテラ女なのだ）、邪魔だから早くどかしてほしい。

そもそも女は、俺様の行動を注視しすぎだ。木の下に寝そべって涼を取っているときも、軒下で日なたぼっこをしながら股間を舐めているときも、女の視線を感じて落ち着かない。俺様は魅力的かつ堂々たる体躯《たいく》の持ち主なので、つい見とれてしまうのもわかるが、「惚れるなよ」と言いたいね。

昼ばかりでなく、夜も女は俺様に夢中だ。女が住む家屋の外壁には、動くものに反応して灯るライトが取りつけられている。パッと明かりに照らしだされた俺様を、カーテンの隙間からじっと見ている女に気づいたときには、さすがにぞっとした。ストーカーじみている。

しかしまあ、基本的にはまぬけな女だ。大半の夜は、俺様に気づかずグーグー寝ている。ペットボトルによってトイレへ行きにくくなった腹いせに、女の窓の外で大用を足してやった。見くびってもらっちゃ困る。地球全体が俺様のトイレなんだぜ。でも、俺様は優しく慎み深い男でもあるから、大のうえにちょいと土をかぶせておいてやるのも忘れなかった。

翌日の昼、のこのこ起きだしてきた女が自転車に乗ろうとし、俺様の置き土産を見て、「ぎゃー、やられた！　復讐《ふくしゅう》された！」と悲鳴を上げていた。ふっ、そんなに喜ぶなよ。俺様は女の黄色い声を背中で聞きながら、会合に出席すべく、草むらを通って空き地へ向かった。ま、会合という名のデートなんだけどな。最近、むちゃくちゃ細身のかわいこちゃんに惚れられちまってさ。「ダーリン、明日も空き地に来てくれるでしょ？」なーんて言われて、うれしい、いやいや困ってるんだ。モテる男はつらいぜ、ほんと。

*

拙宅の敷地内を通り道にしているらしい猫は、確認できただけでも四匹いるのだが、なかでも、茶色い太めの猫（「ぶちゃいく二世」と名づけた。以前にも似た色柄と体型のべつの猫がいたので）が非常にふてぶてしい。

建物の角を勝手にトイレにしており、ペットボトルで対抗したら、今度は私の部屋の窓の真下がトイレ認定されてしまった。ぐぬぬぬ、と怒りに震えながらフンの始末をしている。なぜ、私がおまえの尻ぬぐい（文字どおり尻ぬぐいだ）をせねばならんのか。

陰湿な復讐をかましてくることからもわかるように、ぶちゃいく二世はちっちゃい男だ（図体はでかいが）。敷地内で若い猫に行きあおうものなら、威嚇《いかく》しまくって追い払う。仲良く通ればいいじゃないか。若い猫（白黒のブチ）は、「今日はぶちゃいく二世さん、いないといいな～」という感じで、おそるおそる敷地内を通過するようになった。

先日、私は衝撃的な光景を目にした。近所の駐車場のどまんなかに、ぶちゃいく二世が座っていた。そしてなんと、彼の隣には、灰色のきれいな猫がいたのである。二匹の仲は良好なようだった。ぶちゃいく二世のご満悦そうな表情といったら！

ブチに対するときと、ずいぶん態度がちがうじゃないか。むろん私に対しても、常に「ふん」って感じで、自由奔放に排便していくばかりのくせに、美猫（たぶん雌だろう）には鷹揚。腹立つなあ、と思い、「ぶちゃ、ぶちゃ」と呼びかけてみたが、ぶちゃいく二世はちらとも振り返ってくれなかった。お隣にいる美猫に夢中らしい。

なぜ貴様がモテてるんだ。と思うが、なんとなくわかる気もする。ぶちゃいく二世の振る舞いは、堂々として自信に満ちあふれている。心の赴くままに、散歩したり昼寝したり喧嘩したりトイレをしたりする。野良猫なんだろうけれど、空の下すべてが彼にとっては家なのだ。自由を体現し謳歌《おうか》する姿は、たしかにかっこいい（太り気味で、顔面も人間の基準からすると迫力がありすぎるように見受けられるが）。それでついつい、「お、ぶちゃいく二世」と目で追ってしまうのだが、今日も彼はつれない素振《そぶ》りで敷地内を通り抜けていった。「トイレはまたあとでするつもりだぜ」と背中が語っているようだった。

追記：ここのところ、ぶちゃいく二世を見かけない。まさか、死……。いや、きっと灰色の美猫が飼われている家についていって、ちゃっかり上がりこんでいるのだろう。白黒のブチは拙宅の敷地内を堂々と通過し、たまに木陰で休んでいくようになった。ぶちゃいく二世が引退（？）したことにより、拙宅近辺の猫界は平穏が保たれている様子だ。ぶちゃいく二世の圧政、相当のものだったんだろうなと推測される。

しかし、ぶちゃいく二世の血脈は途絶えない。最近、敷地内でよく見かけるのが、薄茶色のでっぷりした猫で、最初は「おなかに赤ちゃんがいるのかな」と思っていた。だが、いついかなる季節もでっぷりしており、どうやら妊娠中ではなく、ただ単にでっぷりした体型なのだとわかった。きみ、絶対にぶちゃいく二世の子どもだろ！　野良猫のようなのにもかかわらず、そこまで立派な肉を蓄えるからには、あちこちで餌をもらっているのではと思うのだが、その猫は愛想がなく、呼んでも完全に無視するところもぶちゃいく二世と共通している。気高いぶちゃいく一族を、私はどうしてもきらいになれないのであった。

ビー玉と金魚

子どものころ、味も素っ気もない水槽で金魚を数匹飼っていた。神社の夏祭りで掬ってきたり、友だちから分けてもらったりした、赤い金魚だ。水槽の底に砂利《じゃり》を敷き、水草なども植えて、優雅に泳ぐ姿を眺めて楽しんだ。

しかし小さい水槽とはいえ、就学まえから小学校低学年ぐらいの子どもにとっては、水替えはなかなか骨の折れる作業だ。水を張ってカルキ抜きをしておいた洗面器に金魚を移し、庭の蛇口で水槽をごしごし洗う。ザルを使って砂利もすすぐ。洗面器のなかの金魚はあいかわらず優雅かつ楽しそうに泳いでいるが、私はあまり楽しくない。

そこで、水がぬるむ季節になったら、大事に缶に詰めていたビー玉を水槽の底にちりばめることにした。金魚も私も気分転換できるし、涼やかな雰囲気になるので、夏を迎えるにあたってふさわしい。

水槽の掃除を一時中断し、庭に置いた洗面器のかたわらにビー玉をぶちまけて、慎重に選りわけた。室内でやればいいのではと思うが、当時は野良猫がいっぱいいたので、金魚から目を離すのは危険なのである。最終的に、金色っぽいビー玉を中心に据え、まわりを青っぽいビー玉で囲むことにした。金色っぽいビー玉は稀少で、なけなしの財産（？）を金魚に捧げた恰好だ。

　底に敷いた砂利のところどころにビー玉が光る水槽は、涼しげでなかなかいい感じだった。金魚はビー玉の存在にまったく気づいていないようだったが、私は満足し、それからも飽きることなく、日々かれらが泳ぐ姿を眺めた。水が冷たい季節になると、ビー玉はそぐわないのできれいに洗って回収し、本来の役割どおり転がして遊ぶのに使った。いま考えると、金魚にとってても私にとってても衛生的にいかがなものかという所業だが、おかげさまで水槽の模様替えは何年かつづいた。

　それぞれに癖やお気に入りの場所があり、精一杯生きていること。季節のめぐりを楽しむこと。別れの悲しさ。あの小さくいとおしい魚は、子どもだった私にいろんなことを伝えてくれた。夏の気配を感じると、ビー玉入りの水槽で泳ぐ金魚を思い出す。

止まらないおいしさ

唐突だが、私は栗が好物だ。

子どものころ、秋になると母は栗ご飯を作った。しかし私は、栗は栗として食したほうがおいしいと感じていたので、さきにご飯粒だけを食べたのち、茶碗にごろごろと残った栗を、至福の思いで味わったものである（好物はあとに残すタイプ）。

栗ご飯用に栗をむくのは、ちょっと面倒くさい。やる気を出すためか、母はゆで栗をべつにこしらえておき、包丁で半分に割って、スプーンで実をえぐって食べていた。私ももちろん、お相伴《しょうばん》にあずかる。ゆで栗をたいらげて満足したら、「さて」と栗ご飯用の栗の皮むきに取りかかるのだ。栗の波状攻撃。

いまも、たまに母の様子をうかがいに行くと、甘栗を一心不乱に山盛り食べているところに出くわすことがあり、たじろぐ。秋の味覚として栗ご飯やゆで栗を作っていたのだろうと思っていたが、そんな風流な理由ではなく、隙あらば一年じゅう食べていたいほど、母の大好物は栗である、というだけのことだったようだ。

数年まえ、大分県の山間部を歩いていたら、栗のイガが斜面にいっぱい落ちていた。だが、ふだん見かけるイガよりもずっと小さい。「柴栗《しばぐり》ですよ」と、一緒に歩いていたひとが教えてくれた。山に自生しているそうで、縄文時代の人々も柴栗を食べていたのではないか、とのこと。現在栽培されている栗は、たぶん品種改良して、実を大きくしたものなのだろう。柴栗のイガは小さいがゆえに、踏んで割るのがむずかしい。指にイガが刺さって「いてて」と騒ぎつつ、小枝も使ってなんとか割ってみると、つやつやの実が入っていた。栽培栗の半分ぐらいのサイズだが、ちゃんと栗の形をしていて、とてもかわいい。すでに先客がいるようで、皮に小さな穴が空いている。虫の貴重な食料を奪うのもおとなげないかと思い、持ち帰るのは諦めたが、味もおいしいそうなので、いつか拾って、ゆでて食べたいと野望を抱いている。

しかしなにしろ小さいので、山じゅうの柴栗を食べつくしてしまうかもと心配だ。栗と対峙するたび、自制心を試されている思いがする。

追記：生栗は冷凍してから熱湯に浸けるとむきやすいらしいと知った（ネット情報）。今度試してみようと思うが、むきにくいぐらいがちょうどいいのかもしれないとも思う。なにしろ、あればあるだけ食べてしまうのが栗というものだからな。そうめんと栗は、あらかじめ「これだけにする」と断固として決めておかないと危険な食べものだ。やつらは、無尽蔵に胃に入るようなつくりになっている（「なってないよ！　それ、太る人間の発想だよ！」↑そうめんと栗の叫び）。

エンタメプレゼント

贈り物を選ぶセンスのある人間になりたい。

きれいで、なおかつ実用的な品（たとえば、鮮やかな色の革製のペン立てとか）や、かわいくておいしいお菓子をプレゼントしてもらったとき、「わあ、私の好みや生活をいろいろ考えて選んでくれたんだなあ」とうれしいし、相手の優しい心が伝わってきて感激する。

しかし私はといえば、迷いに迷ったすえに、正体不明な動物（？）のイラストがドカーンとプリントされたTシャツを贈ってしまったりするのだ。寝巻として活用しようにも、「宅配便屋さんが来たら、これ着て対応するのはちょっとな」とためらわれるような代物《しろもの》だぞ。なんでそんなものを選ぶのだ自分。いや、おもしろくていいかなーと思ったのだが、落ち着いて考えれば、プレゼントとして明確に失敗であった。

何度も反省し、毎回熟考を重ねてはいるのだけれど、贈り物センスは磨かれないままだ。たぶん、「おもしろさ」を重視するのがいけない。その源流はどこにあるのかというと、子どものころ、拙宅に来ていたサンタクロースだ。

サンタさんは張りきってくれていたのだと思う。クリスマスの朝、目を覚ますと枕もとに手袋などが置いてあった（その手袋は、もうサイズが合わなくなってひさしいが、お気に入りだったのでなんとなく捨てがたく、いまも取ってある）。それだけでなく、サンタ業の忙しさなどについて綴られた手紙も添えられていた。サンタさんには筆跡を知られたくない事情があるようで、手紙はなぜか毎年、雑誌や新聞から切り抜いた活字を貼りつけたものだったり、ワープロ打ちだったり、利き手じゃないほうの手で書いたみたいにへろへろの文字だったりした。

ほとんど脅迫状ではないか、といまとなっては思うのだが、当時の私は無邪気に喜んでいた。その結果、「プレゼントにはエンタメ性が必要だ」という刷り込みがされ、「おもしろさ」を重視した妙ちくりんな品物を選んでしまうようになったのだと思うのである（「ひとのせいにしないでほしい」とサンタさんが言ってる気がするが）。

今後はちゃんと相手のことを考えた贈り物を選びたいものだが、脅迫状じみたサンタさんの手紙を読むときのような、わくわくする気持ちもそっと混入させられればベストだな、とも思っている。

お正月の空気

ここ五年ぐらい、私の鼻は一月二日あたりに、杉とおぼしき花粉の飛散を感知するのが通例となっている。「春」と言うにはまだ寒い時期なのに、気が早すぎるのではないかと我ながら思うし、くしゃみの合間を縫って餅を噛みきるタイミングを計るのはなかなか厄介《やっかい》だ。

しかし、むずつく鼻を抱えていても、お正月はやはりすがすがしい気分をもたらしてくれる。実際は花粉まじりの空気であろうとも、なんだか澄んで冴えわたっているように感じられるから不思議だ。

とはいえ、お雑煮《ぞうに》やおせちを食べてはゴロゴロするという、絵に描いたような寝正月を過ごすのも通例で、やっと外出するのは三日になってからだ。そろそろ人混みも緩和されたかなと、近所の小さな神社へ初詣にいくのである。ついでに商店街も散歩する。

三が日は休みの店が多いので、ほとんどのシャッターが閉まっているが、ぷらぷらと道を行くひともけっこういて、「お餅を食べすぎて、『こりゃあちょっと散歩しないとまずい』と危機感を覚えた仲間だな」などと勝手に推測する。しかし酒屋さんは営業しているため、ついつい日本酒など買いこんでしまい、「お正月の総仕上げじゃ」とばかりに、やっぱり三日の晩もおせちをつまみに自宅で飲むことになるのだった。「散歩で消費したカロリー取り返し合戦」があったとしたら、一瞬で優勝できる自信がある。

拙宅の玄関には、前年の十二月三十日にうさぎのついたお正月飾りを取りつける。うさぎが好きなので、卯年《うどし》じゃなくても頑固にうさぎだ。お正月飾りを毎年再利用していいものなのかわからないが、一月七日にはずして袋に入れ、翌年まで棚に収納しておく。うさぎのお正月飾りは、卯年じゃないと入手がむずかしいから貴重なのだ。って、十二年に一度しかお正月飾りを新調しないのか。よく考えたら、いま使っているお正月飾りは十年選手で、物持ちがよすぎてちょっと気恥ずかしい感じもする。

お正月飾りをはずすときは、いつも「あーあ」とため息をつきそうになる。もうとっくに仕事もはじめているのに、「あーあ、今年のお正月も終わりか」とさびしいのだ。ゴロゴロするばかりだったとしても、やはりお正月の空気には特別なすがすがしさが漂っていて、お別れするのが惜しい。

追記：本書が刊行される二〇二三年は、卯年！　ゲラ（校正刷り）の確認作業をしている現時点では、まだ二〇二二年の十月なのだが、もちろん私はうさぎのお正月飾りを入手すべく、トラのように爪を研いで備えている。なにしろ十二年に一度のチャンスだ、逃すわけにはいかない。

仁義なき春の戦い

ベランダで植物を育てているのだが、そのなかにひとつ、イチゴを植えた小さな鉢がある。春が来ると新しい葉っぱを元気に繁らせ、白くてかわいい花をつける。

ここからが勝負だ。私は毎朝ベランダに出て、イチゴの鉢を注視する。鳩やカラスも、屋根や電線から花を見ている。今年こそ、きみたちには譲らん。私の手持ちのなかで唯一の、貴重な、食べられる実がなる植物なのだ。

やがて緑色の実がふくらんでくる。あと数日といったところか。鳩やカラスは羽づくろいなぞしている。こちらを油断させる作戦だろう。やつらに強奪されてはならじと、私はイチゴの葉っぱの陰になるべく実を押しこんで隠す。

しかし、「明日ぐらいが食べごろだ」とうきうきしながら就寝した翌朝、ベランダに出ると、まんまとイチゴの実は葉陰から姿を消しているのである！　何者かのフンがベランダの手すりに残されているばかりだ。ぬぬぅ。悔し泣きしながら手すりを拭く。

この一連の行為が、春のあいだに三回は繰り返される。やつらは超絶早起きなうえに、本当によくイチゴの熟し具合を観察している。先手を打って食べてみても、必ず酸っぱい。「まだ熟れきっていなかったか……」と残りの実を放置しておくと、二日ほどあとになってやつらに食べつくされ、手すりにフンが落ちている。食べどきの見極め能力がすごい。

どうしてもイチゴを諦めきれず、夜も明けきらぬうちにカーテンの隙間から見張っていたことがある（暇なのか）。ベランダに降り立つ何者かの気配。カーテンと窓を開けて「こらーっ」とまろびでると、大きなカラスが飛んでいった。鉢にはつつかれた形跡のある真っ赤なイチゴが転がっていた。

迷ったすえ、念入りに洗って食べてみた（体に悪いかもしれないので、真似しないでください）。とっても甘かった。カラスと春の恵みを分けあうのも乙《おつ》なものだなあと感じ入るも、その後は連戦連敗で、最近ではもう、「やつらに捧げるためにイチゴを育てているのだ」と悟りの境地に至っている。

追記：お察しのとおり、このイチゴは一章でも登場した鉢だ。ナメクジの猛侵攻を受けるまえだったので、まあ大丈夫かなと思って実を食べてしまったが、もしかして私はカラスではなくナメクジと春の恵みを分けあったのかもしれぬ、という可能性にいま思い至り、世を儚《はかな》んでいる。

記憶の味

子どものころ、近所のラーメン屋さんのラーメンが大好物だった。中年のご夫婦と息子さんで切り盛りしている、いまふうに言うと「町中華」のお店だ。近隣住民に大人気で、カウンター席と小さなテーブルが二つほどの狭い店内は、お昼どきなどいつもひとでいっぱいだった。

このお店は出前もしてくれた。スープが染みてちょっとだけ麺がのびても、これがまたおいしい。配達担当は息子さんで、色白でふくふくしており、優しく穏やかなひとだった。私は、「今日は出前取ろうか」と母が言いだすのを心待ちにしていた。

私がおたふく風邪にかかったとき、ふだんは異様な食欲を誇る娘がなにも食べなくなったのを心配した両親が、出前でラーメンを注文してくれた。常であれば、息子さんが配達に訪れると玄関先へ飛びだす私だったが、そのときは両頰がふくれあがっている身なので、そっと部屋の戸を開けて覗き見るにとどめたのは乙女心だ（まあ、おたふく風邪をうつしてしまってはいけないし）。

届いたラーメンを、むろん私はぺろりと完食した。おたふくのときにラーメンって、栄養素的にいいのかどうかわからないが、両親は喜び、私はおかげさまで体力が回復したのか、そこからみるみる快方に向かったのであった。

おいしかったなあ、あの店のラーメン。スープは醤油味で、手打ちの麺はちょっと平べったくちぢれている。

その後、私たち家族は引っ越ししたので、ずっとあのラーメンを食べていない。似たラーメンにも、いまのところ出会っていない。二十年以上経って、ふと以前住んでいた町に行ってみたのだが、ラーメン屋さんのあった場所は駐車場になっていた。ネットで調べてみたところ、どうやらあのラーメンは白河ラーメンの系統だったようだとわかった。でも、私たちが知っていたお店自体は、完全に閉店してしまったらしい。

いまも家族でたまに、「あのお店のラーメン、食べたいね」と話すことがある。記憶のなかで味わうしかない、なつかしくおいしい味だ。

そうめんとの攻防

夏の食べ物といえばそうめん！

私は子どものころ、そうめんがあまり好きではなかった。ザルにドカーンと盛られて食卓に載ったので、どれぐらい食べるのが自分にとって適量なのかよくわからなかったし、つゆと一緒に煮られたナスがぐったりしていて、なんかいやだった。

大人になってからはナスも好物になったし、一人暮らしなので自分が一回に食べる量だけ麺をゆでればいいしで、そうめんにまつわる問題点はすべて解消された。前夜の残りの天ぷらを載せてちょっと豪華にしたり、マヨネーズで和《あ》えたツナとゆで卵を載せ、めんつゆをぶっかけたり、レタスとゆでた豚肉に食べるラー油をかけたりと、そうめんのアレンジと味のバリエーションは無限大。飽きることなく、夏のあいだじゅう食している。

そうめんは長期保存できるし、ゆで時間が短いのがいいところだ。おいしいうえに便利だなあと、実のところ夏以外にも食べている。

そうめんの楽しいポイントは、ゆでる際の「差し水」だ。鍋の縁までむくむくむくっと泡が盛りあがる。私はぎりぎりまで待って、ちょいと水を入れるのだが、タイミングを見誤って吹きこぼれてしまうこともある。ガスコンロが濡れてしまい、火がつかなくなって、「くそー、負けた！」とぶつぶつ言いながら、もう一個のコンロに鍋を移動させなきゃならない事態も生じる。

もっと早くに差し水をすればいいだけなのだが、そうめんとのチキンレースをどうしてもやめられない。生き物じみてむくむくふくらむ泡を注視していると、かすかな興奮というか高揚を感じる（変態じみている）。一瞬、テレビ画面に気を取られた隙に負けが確定したときなど、「あれほど気を抜くなと自分に言い聞かせたというのに……！」と、台所で一人地団駄を踏む。

そうめんは、食べるまえからエンタメを提供してくれるのだ。

追記：パスタをゆでるときより、そうめんをゆでるときのほうが吹きこぼれしやすい気がして、「なぜなんだろう」とかねてから疑問だ。パスタのほうが重そうだから、鍋のなかでどっしり構え、沸騰した湯を押さえつける役目をはたすのだろうか。なんて言うんだっけ、ほら、あれだ、「対流」。対流が起きにくいってことなのか？

などと鍋を見ながらぼんやり思ううちに、またそうめんの湯が吹きこぼれる。くそぅ、あれほど気を抜くなと……！

手ぬぐいは万能

「夏と冬、どっちが好き？」と話題にのぼることがたまにあるが、強いて選ぶなら夏である。最近の夏はいくらなんでも危険な暑さだと思うけれど、五分ぐらいなら耐えられる（短い）。

しかし、寒さはダメだ。私はちょっとでも寒いと感じると、瞬時にもこもこに着ぶくれる。秋のはじめごろから冬用のコートを着てしまい、汗をだらだら垂らしていることもあるほどだ。「寒さ」への警戒心と恐怖心が尋常じゃない。子どものころに映画『八甲田山』を見たからかもしれない。

とはいえ私も経験を重ね、「秋に過剰な防寒をするのはやめたほうがいい」と学んだ。世の中には冬用コートのほかに、カーディガンやストールといったものもあるのだ。便利に活用しつつ、もうひとつ鞄のなかに常備しているのが「手ぬぐい」だ。

手ぬぐいはハンカチ代わりになるのはもちろんのこと、「ちょっと寒いかな」というときに肩に掛けたり、首に巻いたり、ほっかむりしたりするのにも最適なのである。しかもかさばらないし、すぐに乾くので洗濯が楽だ。さらに、いろんな色と柄の品がある。比較的安価で、お土産屋さんにご当地手ぬぐいがあったり、美術展などのイベントのグッズに採用されていたりするので、買い求めると行楽のいい記念にもなる。

　こうして集めたもののなかから、私はその日の服装や季節に合った色と柄の手ぬぐいを選び、鞄に入れておく。秋ならば、秋の野花《のばな》柄とか、まぬけでかわいい鹿の顔が一面に水玉のように染め抜かれた柄がお気に入りだ。そして少しでも寒いと感じたら、即座に取りだしてマフラーのように首に巻く。

「それはちょっとひとの目が気になる……」というかたもいらっしゃるだろう。なによりも重要なのは防寒対策だと胸に刻んでいただきたいし（『八甲田山』！）、手ぬぐいは充分にオシャレだと主張したいが、まあ首に巻くかどうかはべつとして、いざというときにいろんな用途で役に立つので、手ぬぐいを一枚持ち歩くのはおすすめだ。

追記：手ぬぐいを使いはじめたきっかけは、山登りや沢登りが趣味の友だちが「便利だよ」と教えてくれたことだ。山……、『八甲田山』！　いや、その友だちは雪山はやってなかったと思う。
　ちなみに八甲田山雪中行軍遭難事件（一九〇二年）については、映画（森谷《もりや》司郎《しろう》監督、橋《はし》本忍《もとしのぶ》脚本）や原作（『八甲田山死の彷徨』新田《にった》次郎《じろう》、新潮文庫）はもちろんだが、『八甲田山　消された真実』（伊《い》藤《とう》薫《かおる》、山と溪谷社）も非常に興味深かった。準備が万全でなく、場当たり的な対応しか取れなくなってしまう。組織内における責任の所在が明確でなく、互いになすりつけあう。などなど、「なんかここ数年、同じような事態を見たなあ」と思うようなことが描かれている。百九十九名も亡くなった八甲田山の教訓が、現在に至ってもまったく活かされていないのはどういうことだ。まじで政治家や官僚は全員、映画『八甲田山』を見たほうがいいんじゃないだろうか。北大路《きたおおじ》欣也《きんや》をはじめとする役者さんたちの熱演（しかし画面的にはひたすら寒そうで絶望しかない）を目に焼きつけてから、各々の職務にあたってもらいたい。

　なんで手ぬぐいの話から、こんなに熱く『八甲田山』について語ることになったんだ、私は。やはり寒さで錯乱……。いや、この文章を書いているいま、部屋はべつに寒くないな。心が『八甲田山』に飛んでいたため、極寒のなかでしたためている気分になっていた。

　とにかく、冬の八甲田山では、さしもの手ぬぐいも無力。一瞬でパリパリになっちゃう。バナナで釘が打てるどころか、バナナも釘も粉々に砕けてしまいますよ……（『八甲田山』にそんなシーンはない）。せめて町場《まちば》では手ぬぐいを首に巻いて、ひきつづき防寒対策を万全にしようと思ってます。

憧れの丸焼き

レストランのメニューに、「メインの料理を魚か肉かお選びください」とあったら、必ず肉を選ぶ。「鶏肉、豚肉、牛肉、羊肉からお選びください」とあったら、ダントツで羊、次善の策として牛である。鶏肉？　よせやい、淡白《たんぱく》すぎるぜ。あたしゃあ、ガツッとした肉の味とにおいを堪能したいんだ。

つまり食の嗜好がギラついているのだが、そんな肉食恐竜みたいな私にも、憧れの鶏肉料理がある。鶏の丸焼きだ。

子どものころ、絵本で鶏の丸焼きを見かけてはよだれを垂らしていた。オーブンから取りだされる、おなかが丸々として、てりてりと焼き色のついた鶏の丸焼き。彩りよく大皿の縁に並べられた野菜やイモが、鶏の丸焼きを囲んでいる。

おいしそう！　ものすごく食べてみたいけど、うちの食卓では見たことがない……。私は母が作った鶏の唐揚げを、「きっと鶏の丸焼きもこういう感じなんだろう」と自分に言い聞かせながら味わった。唐揚げと丸焼きでは形状が全然ちがうし、味つけもまったく異なるのではという気が薄々したが、まあ唐揚げもおいしい食べ物であることはまちがいないから、満足であった。

とはいえ大人になっても鶏の丸焼きへの憧れはやみがたく、しかし一人暮らしの拙宅にはオーブンがないし、料理の腕前にも自信がないため、あいかわらず「食べてみたいなー」とよだれを垂らしながら漠然と思うばかりだった。

そんなある年のクリスマス。料理上手な友人の家で、パーティーという名の飲み会が開催された。果物やワインを持って馳せ参じた私は、友人が台所からテーブルに運んできた大皿を見て歓声を上げた。

「鶏の丸焼きだ！」

ほかほかと湯気の立つ丸焼きを、友人が切りわけてくれる。鶏のおなかには、ガーリックの利いたイモが詰まっていた。肉もジューシーで、ハーブの香りと塩気がたまらぬハーモニーを奏でている。

念願かなって食べることができた鶏の丸焼きは、想像以上のおいしさだった。感涙にむせぶ私を見て、友人は「また作るよ」と言ってくれたので、心おきなくクリスマスパーティーができる世の中に早く戻りますようにと渾身で願っている。

トラの干支飾り（？）

一九八五年、阪神タイガースは日本シリーズで優勝した。当時の阪神は、「ハレー彗星が地球に接近する頻度と同じぐらい間遠《まどお》にしかリーグ優勝しない」と言われるような弱小球団で、それが日本シリーズで初優勝したものだから、ファンの歓喜はとどまるところを知らなかった。と、したり顔で書いているが、私はひいきの球団は特にないし、そのころは小学生だったので、「大変な騒ぎだなあ」と思っていただけだ。それでも、八五年の阪神優勝は非常に印象深い。私の父親が、熱烈すぎる阪神ファンだからだ。

セ・リーグでの優勝が視野に入ってきたころから、父の様子がおかしくなった。そわそわして、仕事も、幼児だった私の弟の世話も、明らかに気もそぞろにこなしてる感じ。通販したらしい阪神の応援グッズが家にどんどん届きはじめ、たしか日本シリーズ優勝を決めた暁《あかつき》だったと思うが、阪神とコラボした缶ビール（トラの絵がプリントされている）が極めつけにドカンと何ダースか到着した。どんだけ浮かれてるんだ。

しかも父は喜びのあまり、その缶ビールを阪神ファンではない友だちにも配りまわった（迷惑）。母と私は、「まあ、ハレー彗星と同じだもんね。一生に一度味わえるかどうかのことだから……」と諦めていたのだが、さすがに「お父さん、もうやめて……！」と涙ながらに羽交い締めしたことだ（おおげさ）。

そして肝心なのは、翌八六年が寅年《とらどし》だったという点だ。

正月、例年どおり茶の間に小さな鏡餅と花を飾ったのだが、花は、花瓶ではなくトラ柄のビール缶に挿してあった。父が缶を加工して飲み口を広げ、「寅年だし、この正月はこれをぜひ花瓶として使ってほしい」と母に懇願したからである。どんだけうれしかったんだよ、阪神優勝が……！

寅年がめぐってくるたび、ものすごくいいタイミングで優勝した阪神と、父の欣喜雀躍《きんきじゃくやく》ぶりを思い出す。コラボ缶を干支《えと》飾りに代用するのはやりすぎではと、阪神ファンならぬ身としては思うのだが。

祖父の湯飲み

仕事中はずっとお茶を飲んでいる。摂取量が多いので、カフェインが入っていないお茶のほうがいいなと試行錯誤した結果、ここ数年はルイボスティーに落ち着いた。

起床するとすぐ、ヤカンにルイボスティーのティーバッグを入れて沸かす。ルイボスティーは、取っ手が欠けて湯飲み状になってしまったマグカップで飲む。新しいマグカップを買えばいいのでは、と自分でも思うのだが、かわいらしいペンギンのキャラクターが描かれているので、どうしても捨てられない。「液体を飲むための器」としては十二分に機能しているのだから、まあいいかと、取っ手がないまま二十年近く使いつづけている。

ヤカンいっぱいのルイボスティーを沸かすあいだ、湯飲み状マグカップを洗う。すると思い浮かんでくるのが、祖父のことだ。

亡くなった祖父は山奥の村に住んでおり、私は子どものころ、夏休みなどに遊びにいった。祖父は破天荒な性格で、祖母はさんざん振りまわされたとぼやいていたが、年を取って多少は常識を身につけたのか、いとこや私にとっては優しくおもしろい祖父だった。一緒に野菜をもいだり、田んぼに飛び交う蛍《ほたる》を見たりと、楽しい思い出がたくさんある。

祖父は孫たちが蚊《か》やアブに刺されたら大変だと、畑に行くまえに虫よけスプレーをかけてくれるのだが、それは虫よけスプレーではなく、ゴキブリなどに噴射する殺虫剤なのだった。多少は常識を……身につけた……のか？　おおざっぱにもほどがある。むろん、祖母にこっぴどく叱られていた。

とにかく、なんでも「うまいうまい」とわしわし食べ、他者に対してあまりうるさいことを言わない（自身がおおざっぱで無数のやらかしを重ねてきたがゆえだろう）、いい祖父だった。だが、ひとつだけどうにも不可解な癖というか習慣があった。

湯飲みを決してひとに洗わせないのだ。たまに自分で洗うときも、水で軽くすすぐのみ。

必然的に祖父の湯飲みの内側は、もとの色がなんだったのか判別できぬほど、茶色というか黒というか、「げっ」としか言いようのない色味になっていた。隙を見て祖母が湯飲みを洗おうとするも、昼寝をしていたはずの祖父は素早く察知して取り返す。われわれ孫が、

「おじいちゃん。いくらなんでも、その湯飲みは不衛生なのでは……。洗おうよ」

と説得を試みても、

「あかーん！　俺が大事に育ててきた茶渋《ちゃしぶ》を洗ったら、茶の味がまずくなってしまうやろ！」

と、めずらしく強い語気で主張し、頑としてうなずかない。

育ててるの？　茶渋を？　困惑する私たちをよそに、祖父はあいかわらず「げっ」という色をした湯飲みで、満足そうにお茶を飲みつづけたのだった。

しかし先日、茶道をたしなんでいるかたに、

「お茶の世界では、茶碗は使えば使うほど表情に味が出ると言われており、洗う際も洗剤などは用いません」

と教えていただき、「もしや！」と思った。もしやおじいちゃん、茶道の作法に則《のっと》り、茶渋を育てていた⁉

……ちがうな。彼岸の祖父と交信するまでもなく、あの茶渋育成は独自のわけわからんこだわりに過ぎなかったと断言できる。祖父は私と同様、茶道の「さ」の字も知らないひとだったし、祖父の湯飲み、堆積した茶渋で言語化困難な色に染まっただけに終わり、むしろ表情を失ってのっぺりしちゃってたもんな……。

一瞬、お茶にまつわる素敵なエピソードを祖父がもたらしてくれたかと期待したのだが、錯覚であった。まあ、取っ手が欠けて湯飲み状になったマグカップを二十年も使いつづけている私も、ひとのことは言えない。祖父のおおざっぱな性格、脈々と受け継がれているのかと思うとおそろしい。

さて、ヤカンのルイボスティーが沸騰したら、火を止めてしばしそっとしておく。そのあいだに、適当に朝ご飯を作る。べつのヤカンで湯を沸かし、気分や朝食に合わせて、なにを飲もうかなと考えるのがささやかな楽しみだ。コーヒー、紅茶、ハーブティー、緑茶、ほうじ茶、玄米茶などを取りそろえ、種類ごとに瓶や海苔《のり》の空き缶に入れてある。このごろは便利さに負

け、ルイボスティーと同様、ティーバッグになっているものを買い求めることが多い。

しゃっきりしたいから、朝食時はだいたいカフェインが含まれているものを選ぶことになる。夏でも冬でも熱いお茶（やコーヒー）をゆっくり味わううちに、「よし、今日はあの原稿から取りかかるか」と多少のやる気が湧いてきて、ルイボスティーのヤカンをぶらさげ、湯飲み状マグカップを持って、仕事部屋に移動する。

ティーバッグだと、茶柱が立つ可能性がないのが、若干《じゃっかん》味気ないところだ。「そーっと見てみぃ」と祖父がうれしそうに差しだした例の湯飲みのなかで、ふよふよ立っていた茶柱を思い出す。私は茶柱が明確に立った経験がなく、してみるとあれは、祖父が堆積させた茶渋がなんらかの不思議な作用をもたらし、茶柱を立たせていたのかもしれぬ、などと愉快な気持ちになるのだった。

おわりに

エッセイではなるべく、楽しかったことや興味深かったことを書きたいと思っているのだが、昨今の世界／社会情勢ではなかなかそうもいかず、「どうなってんだかなあ」と腹が立ったり憂えたりすることばかりだ。と思ったのだが、本書をまとめるにあたり読み返してみたら、あいかわらず脳みそを一ミリも使わず、アホなことを言ったりやったりしていた。一ミリぐらいは使ってほしい（自分への提言）。

まあいいのだ。実生活での私の荒ぶり具合は、友人たちをはじめ身近な存在にとっては恒例行事となっており、「はいはい」といなされているが、それをそのままエッセイに叩きつけては、読者のみなさまを怯えさせてしまうかもしれないからな。やはり多少の「よそゆき仕様」は必要だ。と思っていたら、仕事で年に一度ほどの頻度で会うひとにも、「三浦さんてエッセイの文章としゃべり口調が同じなんですねえ。そしてしょっちゅう、いろんなことにぷんぷんしてる」と感心（?）された。どこがよそゆき仕様だ、精神の高血圧がばれとるじゃないか。一人あばれ祭り（本編参照）。ほんと脳みそを一ミリぐらいは使って、エッセイでも実生活でも荒ぶりは抑え、アホなことを言ったりやったりするのも慎んだほうがいい（自分への提言）。

きっと読者のみなさまにも、私の本性はとっくに見抜かれているんだろうなと恥ずかしくてもじつくばかりだ。「はいはい、またアホなことをやらかしとるな」と珍奇な生物を観察する感じで、本書をお楽しみいただけたなら幸いです。

お読みいただき、本当にどうもありがとうございました。

本書に勝手に登場させられたみなさま、むちゃくちゃかわいくてオシャンティ（死語）な本にしてくださった装画のＨＯＨＯＥＭＩさんと装幀のアルビレオさん、編集の長谷部智恵さんはじめ、刊行にあたってお力を貸してくださったみなさまに、心から御礼申しあげます。初出各紙誌でお世話になった担当さん、イラストレーターさん、デザイナーさんをはじめとするみなさまにも、深く感謝しております。エッセイが雑誌や新聞に掲載されるときには、きれいなイラストつきでレイアウトされることが多く、それがとても楽しみなのです。「私のアホエッセイから、こういう情景を思い浮かべてくださったんだなあ」と励みになり、「また次もがんばろ」と思うことができるのでした。

今後もぼちぼちと、エッセイや小説を書いていけるといいなと思っております。エッセイにおいて大切なのは、ちゃんとご依頼のテーマに即することと、脳みそを一ミリぐらいは使うことだと、今回学んだ（二十年以上やってて、いまさら!?）。着実な成長を見せているから、大丈夫だ（ポジティブシンキング）。

みなさまもどうかひきつづき、お体を大切にお過ごしください。

またどこかでお目にかかれますのを楽しみにしております。そのときには、「どーれ、ちゃんとテーマに即して、脳みそを一ミリは使って書いてるかな」と、わたくしめの文章をパラパラと読んでみていただければと存じます。いかん、自分の首絞めるような発言をしてしまった。「また即してないし使ってないじゃないか！」という未来が見えるようだ……。

あと行数計算まちがえた。みなさまも薄々お察しのとおり、そろそろ「おわりに」も終わりに持っていこうとしていたのに、まだ十行ぐらいあった。私の脳みそー、起きてますかー。めずらしく早起きして書くから、こういうことになる。ついでに言うと、さっきからおなかが盛大に鳴っていて、うるさくて気が散る。深夜に食べたインスタントラーメンはどこに行ったんだ。深夜に食べてしまったんですね？　はい、食べました。実は餅まで入れました。「太るよ」という脳みそからの提言を無視していることがうかがえます。だから私の脳みそ、へそを曲げて、エッセイ書くときにも稼働せず、行数計算もしてくれなくなっちゃったんだなあ。と、またアホなこと言ってるうちに、今度はちょっと行数が逼迫《ひっぱく》してきた。

どうもありがとうございました！（急な締め。しかし心からの感謝です）

二〇二二年十二月

三浦しをん

初出紙誌一覧

1章

名前のない友	ハーバーの美容手帖	2021年2月号
衝撃の励まし	ハーバーの美容手帖	2021年3月号
きらめきの記憶	ハーバーの美容手帖	2021年5月号
苦手だけど好き	ハーバーの美容手帖	2021年6月号
きらめきとふぐふぐ	ハーバーの美容手帖	2021年7月号
プチ・イメルダ	ハーバーの美容手帖	2021年8月号
天国の庭	ハーバーの美容手帖	2021年9月号
小さな侵入者	ハーバーの美容手帖	2021年10月号
侵入者が一匹と一人	ハーバーの美容手帖	2021年11月号
日常の観察者	ハーバーの美容手帖	2021年12月号
布団騒動	ハーバーの美容手帖	2022年2月号
カエルの思い出	ハーバーの美容手帖	2022年3月号
イケメンと虫	ハーバーの美容手帖	2022年4月号
一朝一夕には完成せず	ハーバーの美容手帖	2022年5月号
カタツムリは好きです	ハーバーの美容手帖	2022年6月号
オシャレな部屋への憧れ	ハーバーの美容手帖	2022年7月号
束縛（?）の天気予報	ハーバーの美容手帖	2022年8月号
香りのうつくしさ	ハーバーの美容手帖	2021年9月号
諦めの空中戦	ハーバーの美容手帖	2022年10月号
軒並み角刈り	ハーバーの美容手帖	2022年11月号
かなしい花	ハーバーの美容手帖	2022年12月号

2章

忘れがたきご亭主	ハーバーの美容手帖	2021年4月号
流される旅	まほら	2018年10月号
勝手に三重県観光案内	銀座百点	2013年9月号
温泉と集中力	VISA	2012年5月号
テンション高めの宮島	VISA	2012年12月号
かわらけ投げの願い	VISA	2013年1月号
雲仙温泉でひとりクラシック	VISA	2014年11月号
昂ぶる善光寺	VISA	2013年2+3月号
手荒すぎるあばれ祭り	VISA	2014年10月号
楽しき想像旅行	VISA	2014年2+3月号
八坂神社と五十円	VISA	2014年4月号
憧れの芋煮合コン	VISA	2014年5月号

悩ましき法事旅（準備編）　VISA　2014年12月号
悩ましき法事旅（現地編）　VISA　2015年1月号
尾鷲の植林マシン　VISA　2015年2+3月号
極楽熱海ツアー　VISA　2015年6月号
お高くない大國魂神社　VISA　2013年7月号

3章

希望の塔――なぜ、ひとは積ん読するのか？　UOMO　2019年10月号
夏目漱石――キング・オブ・ツンデレ　文學界　2014年4月号
ページをめくり孤島を思う　讀賣新聞　2013年1月20日
いとしすぎる「豆本」　讀賣新聞　2013年2月17日
スネ夫語の奥深さ　讀賣新聞　2013年4月21日
日常の小事件　讀賣新聞　2013年11月17日
太宰治と「人間失格同盟」　讀賣新聞　2013年12月15日
本への書きこみは「時限爆弾」　讀賣新聞　2014年7月20日
戦争　マイペースで考え続ける　讀賣新聞　2014年8月17日
怪異との海辺の恋に憧れる　讀賣新聞　2013年8月18日
心理学にかぶりつく　讀賣新聞　2014年2月16日
真理を求める数学者たち　讀賣新聞　2014年3月16日
多様な職業知り希望と勇気が　讀賣新聞　2014年10月19日
湯船でひもとく『源氏物語』　讀賣新聞　2013年10月20日
私が求婚されない理由　讀賣新聞　2014年1月19日

我が心のベルサイユ　VISA　2013年5月号
脳内イメージを覗き見　VISA　2012年11月号
『まんが道』と「松葉」のラーメン　VISA　2013年8+9月号
夢中ということ　日本経済新聞　2018年1月21日
穴に落ちる　高校生のための読書への招待　2013年

4章

記憶は「ひと」とともに　Blue Signal　2018年vol.179
ロボコップ再生　VISA　2015年8+9月号
悶絶の時間旅行　VISA　2012年6月号
鞄と外出欲　VISA　2015年7月号
一見にしかず　VISA　2013年4月号
土産の良縁効果　VISA　2012年8+9月号
眠る旅　VISA　2014年1月号
オヤジのポテンシャル　VISA　2012年10月号
尖石遺跡と縄文の日常　VISA　2013年11月号
プロレスは異次元旅行　VISA　2015年10月号
父の入浴作法　VISA　2013年6月号
富士山愛　VISA　2014年6月号
瀬戸内シンクロニシティ　VISA　2014年7月号
ラピュタ吟行　VISA　2014年8+9月号
たぎる蔵王温泉　VISA　2015年4月号

熊本城と太平燕　VISA　2015年5月号
荒城と隠しキリシタン　VISA　2015年12月号
勝浦の朝市　VISA　2016年1月号
紅葉とお好み焼き　VISA　2016年2+3月号
幻想の銀山温泉　VISA　2016年4月号
即身仏をめぐる旅　読楽　2020年1月号

5章

夜中のアクアパッツァ　asta　2015年11月
猫ネットワーク　ねこ新聞　2018年2月12日
ビー玉と金魚　KITTE MAGAZINE STORIES　2020年5月号
止まらないおいしさ　KITTE MAGAZINE STORIES　2020年9月号
エンタメプレゼント　KITTE MAGAZINE STORIES　2020年11月号
お正月の空気　KITTE MAGAZINE STORIES　2021年1月号
仁義なき春の戦い　KITTE MAGAZINE STORIES　2021年4月号
記憶の味　KITTE MAGAZINE STORIES　2021年5月号
そうめんとの攻防　KITTE MAGAZINE STORIES　2021年8月号
手ぬぐいは万能　KITTE MAGAZINE STORIES　2021年9月号
憧れの丸焼き　KITTE MAGAZINE STORIES　2021年11月号
トラの干支飾り(?)　KITTE MAGAZINE STORIES　2022年1月号
祖父の湯飲み　なごみ　2021年2月号

248ページ
「即身仏をめぐる旅」に関する参考文献は以下のとおりです。

・各お寺のパンフレット
・『神と呼ばれた木食行者　鉄門海』(湯殿山注連寺発行)
・『出羽三山のミイラ仏』(戸川安章、中央書院)
・『増補　日本のミイラ仏』(松本昭、臨川書店)
・『月山・鳥海山』(森敦、文春文庫)
・ホームページ「森敦資料館」(http://www.mori-atsushi.jp)

三浦《みうら》しをん

1976年東京都生まれ。2000年、長編小説『格闘する者に〇《まる》』でデビュー。
2006年『まほろ駅前多田便利軒』で直木賞、2012年『舟を編む』で本屋大賞、
2015年『あの家に暮らす四人の女』で織田作之助賞、
『ののはな通信』で2018年島清恋愛文学賞、2019年河合隼雄物語賞を受賞。
2019年『愛なき世界』で日本植物学会賞特別賞を受賞。
その他の小説に『風が強く吹いている』『光』『神去なあなあ日常』
『天国旅行』『政と源』『エレジーは流れない』など、
エッセイに『ビロウな話で恐縮です日記』『お友だちからお願いします』
『本屋さんで待ちあわせ』『ぐるぐる♡博物館』『のっけから失礼します』
『マナーはいらない 小説の書きかた講座』など、多数の著書がある。

好《す》きになってしまいました。

2023年2月28日 第1刷発行
2023年3月20日 第2刷発行

著者 三浦《みうら》しをん

発行者 佐藤 靖

発行所 大和《だいわ》書房
東京都文京区関口1-33-4
電話 03-3203-4511

装幀 アルビレオ
装画 HOHOEMI

本文印刷 信毎書籍印刷
カバー印刷 歩プロセス
製本所 ナショナル製本

ISBN978-4-479-68178-6

http://www.daiwashobo.co.jp